The Old Man and the Sea

푸른숲
징검다리
클래식
0 3 4

노인과 바다

The Old Man and the Sea

어니스트 헤밍웨이 지음

박상은 옮김

푸른숲주니어

'푸른숲 징검다리 클래식'을 펴내며

어린 시절, 할머니께서 조근조근 들려주시던 옛날이야기는 새로운 세상과 통하는 작은 창이었다. 상상의 날개를 달고 떠나는 창 너머 세상으로의 여행은 들어도 들어도 질리지 않는 재미와 마음속 깊은 곳을 울리는 감동을 선사해 주곤 했다. 그뿐 아니라 우리의 삶을 어떻게 꾸려 가야 하는지 곰곰이 생각해 보게 하는 지혜를 가르쳐 주었다. 말하자면 우리는 그 이야기들을 통해 '삶'을 배운 셈이다.

우리가 문학 작품을 읽어야 하는 까닭 또한 '삶을 배운다'는 점에서 크게 다르지 않다. 우리는 한 편 한 편의 문학 작품을 만나 사랑을 배우고, 우정을 배우고, 진실을 배우고, 지혜를 배운다.

그런 점에서 '푸른숲 징검다리 클래식'은 참 의미가 깊다. 오랜 세월을 거치며 각 나라의 문학사에 확고히 자리매김한 작품들을 한데 모았기 때문이다. 문학을 사랑하는 사람들이 즐겨 읽어 세계적인 명저로 일컬어지는 작품들……. 이를테면 우리 부모 세대, 아니 그 이전 세대부터 즐겨 읽었던 작품들로 많은 이들에게 삶의 의미와 가치를 일러주고, 또 '인생'이란 망망대해에서 등대 역할을 담당했던 것들이다.

세월이 흘러 사람들이 사는 모습도 달라지고 생각도 달라졌다. 그러나 시대와 장소를 뛰어넘어 변하지 않는 것이 있다. 바로 '삶' 이다. 사람이 있는 곳이라면 어디든지 존재하는 삶은 항상 저마다 의 무게를 떠안고 있다. 그 무게는 진실이라는 옷을 입고 문학 작품 속에 영원한 생명을 불어넣는다. 우리는 그것을 '고전'이라 부른다.

그러나 제아무리 훌륭한 고전이라 해도 독자가 읽고 소화할 수 없다면 아무런 소용이 없다. 지나치게 방대한 분량과 길고 어려운 문장은 책을 읽으려는 청소년들의 의지를 꺾을 뿐 아니라 좌절감 마저 불러일으킨다.

'푸른숲 징검다리 클래식'은 바로 그러한 점을 염두에 두고 기획 된 세계 명작 시리즈이다. 작품이 본디 지닌 맛과 재미를 고스란히 살리면서 우리 청소년들이 읽고 소화하기 쉽게 글을 다듬었다.

그리고 본문 뒤에는 현직 국어 교사들이 직접 쓴 해설을 붙였다. 작가나 작품에 대한 풍부한 설명은 물론, 그 작품들이 지니고 있는 현재적 의미까지 상세하게 짚어 보이고 있다. 아울러 해설 곳곳에 관련 정보를 담은 팁과 시각 자료를 배치해, 읽는 재미를 넘어 보는 재미까지 만끽할 수 있도록 했다.

아무쪼록 '푸른숲 징검다리 클래식'을 통해 우리 청소년들의 삶 이 더욱더 깊고 풍성해지기를…….

2006년 4월

기획위원 강혜원·계득성·전종옥·송수진

| 차례 |

제 1 장
지독하게 운 없는 늙은이

노인은 멕시코 만류에 조각배를 띄우고 홀로 고기잡이를 하며 살았다. 그런데 오늘로 벌써 팔십사 일째 물고기를 단 한 마리도 잡지 못하고 있었다. 처음 사십 일까지는 한 소년이 노인을 따라 바다로 나갔다. 하지만 사십 일이 지나도록 물고기를 한 마리도 잡지 못하자, 소년의 부모는 노인을 '살라오'라고 부르며 소년을 다른 배로 보내 버렸다. 살라오란 지독히도 운이 없다는 뜻이다.

소년은 어쩔 수 없이 부모가 시키는 대로 다른 배를 타게 되었는데, 그 배에서는 처음 한 주 동안 커다란 물고기를 세 마리나 잡았다. 하지만 늘 빈 배로 돌아오는 노인을 볼 때마다 소년은 자기 일인 양 마음이 아팠다. 그래서 틈이 나는 대로 노인을 찾아가 낚싯줄이나 갈고리, 작살을 옮기거나 돛을 감아올리는 일을 도왔다. 밀가루 부대를 누덕누덕 기워 붙인 볼썽사나운 돛은 마치 계속되는 패배를 뜻하는 깃발 같았다.

비쩍 마른 노인은 목덜미에 깊게 팬 주름 때문에 더더욱 야위어 보였다. 뜨겁게 내리쬐는 열대 바다의 햇볕에 그을려 노인의 양쪽 뺨에는 갈색 반점이 잔뜩 돋아 있었고, 양손에는 무거운 물고기를 다루느라 생긴 상처의 흔적들이 여기저기 남아 있었다. 어제오늘 생긴 게 아니었다. 메마른 사막에 만들어진 풍화작용의 흔적처럼 모두 오래된 흉터들이었다.

노인의 모든 것에는 오랜 세월이 배어 있었다. 하지만 눈빛만은 달랐다. 바다와 같이 짙은 푸른색을 띤 두 눈은 절대 꺾이지 않는 의지와 활기로 빛나고 있었다.

"산티아고 할아버지."

노인의 배를 뭍으로 끌어 올려놓고 둑으로 올라가면서 소년이 노인에게 말했다.

"다시 할아버지 배를 탈 수 있게 됐어요. 돈을 좀 벌었거든요."

노인에게 고기 잡는 법을 배운 소년은 노인을 유난히 따랐다.

"아니다, 너는 운 좋은 배를 탔어. 계속 그 배를 타려무나."

노인이 말했다.

"생각나세요? 우리, 전에 팔십칠 일 동안 물고기를 한 마리도 못 잡다가 삼 주 동안 매일같이 큰 놈들을 잡은 적이 있잖아요."

"암, 기억하고말고. 네가 내 솜씨를 의심해서 다른 배를 탄 게 아니란 건 잘 알고 있단다."

노인이 말했다.

"아빠 때문이에요. 전 아직 어리니까 아빠 말을 들을 수밖에 없어요."

"그럼, 당연히 그래야지."

노인이 대답했다.

"우리 아빠는 의리라는 걸 모르나 봐요."

"그래. 하지만 우리는 의리를 잘 알지, 안 그러니?"

노인이 말했다.

"그럼요, 제가 테라스에서 맥주 한잔 사 드릴게요. 고기잡이 도구들은 나중에 챙겨요."

소년이 대답했다.

"그거 좋지. 우린 의리 있는 어부니까."

노인과 소년이 테라스 주점에 들어서자 안에 있던 어부들이 노인을 비웃었다. 그래도 노인은 화를 내지 않았다. 나이가 지긋한 몇몇 어부들은 노인을 보며 측은해했다. 하지만 그들은 내색하지 않은 채 그저 조류가 어떻고, 낚싯줄을 드리운 곳의 깊이가 어느 정도였고, 또 앞으로 좋은 날씨가 계속될 거라는 둥 자기들이 보고 들은 것들에 대해서만 점잖게 이야기를 주고받았다.

그날 고기를 넉넉히 잡아 올린 어부들은 일찌감치 돌아와 물고기를 손질하고 있었다. 그들 중 두 명이 손질이 끝난 청새치를 나무판자 두 개에 가로누이고, 판자 양쪽 끝을 잡고는 비틀거리며 저장고로 날랐다. 거기에서 냉동 화물차에 실려 쿠바의 수도인 아바나의 시장으로 갈 것이었다.

상어를 잡은 어부들은 항구 한쪽에 있는 가공 공장으로 상어를 싣고 갔다. 그곳에서는 상어를 도르래에 걸어 간을 빼내고 지느러미를 잘라 낸 다음 껍질을 벗겼다. 살은 토막을 내서 소금에 절였다. 동쪽에서 바람이 불면 공장에서 나는 역한 냄새가 항구까지 풍겨 오곤 했다.

하지만 오늘은 바람이 북쪽으로 불다 약해져서 냄새가 희미하게 나는 듯 마는 듯했고, 그래서 그런지 햇살이 따사롭게 비치는 테라스 주점에는 상쾌한 기운이 감돌았다.

"산티아고 할아버지."

소년이 입을 열었다.

"그래."

노인이 대답했다. 그는 맥주잔을 잡은 채 옛날 일을 생각하는 중이었다.

"내일 쓰실 정어리를 좀 구해 올까요?"

"아니, 괜찮다. 가서 야구나 하려무나. 아직 노를 저을 힘도 남아 있고, 그물은 로헬리오가 쳐 줄 거야."

"그래도 갖다 드릴게요. 할아버지하고 같이 고기를 잡지 못한다면 다른 방법으로 도와드리고 싶어요."

"이렇게 맥주를 사 줬잖니? 그러고 보니 너도 이제 어른이 다 됐구나."

노인이 말했다.

"할아버지가 처음으로 저를 배에 태우고 물고기를 잡으러 간 게 언제였죠?"

"네가 다섯 살 때였지. 그때 잡은 물고기가 얼마나 힘이 좋던지, 꼭 배를 부술 듯이 퍼덕이는 바람에 하마터면 네가 죽을 뻔했지. 넌 새파랗게 질렸었고. 기억나니?"

"엄청 큰 녀석이 퍼덕거리며 꼬리로 배 여기저기를 요란하게 때리던 기억이 나요. 배 바닥 널빤지가 부서질 정도였잖아요. 소리도 정말 굉장했죠. 할아버지가 저를 낚싯줄 뭉치가 있는 뱃머리 쪽으로 밀어내는 바람에 배 전체가 기우뚱거린 거랑, 할아버지가 녀석을 몽둥이로 내리칠 때 나던 소리까지 모두 생생하게 기억나요. 그때 할아버지는 꼭 도끼로 나무를 찍는 것 같았어요. 그 한 방에 피 냄새가 사방으로 확 풍겼죠."

"정말 기억나는 거니? 혹시 내가 들려준 말을 그대로 다시 따라 하는 거 아니냐?"

"저는 할아버지를 따라서 처음 바다로 나간 날부터 지금까지 하나도 빠짐없이 다 기억해요."

햇볕에 그을린 노인의 얼굴에 소년을 믿음직스레 여기는 표
정이 떠올랐다. 노인은 애정 어린 눈빛으로 소년을 바라보았다.

"네가 내 아들이라면 널 데리고 나가서 모험을 한번 해 볼 텐
데……. 하지만 넌 부모님이 계신 데다 벌써 운 좋은 배를 타고
있으니 어쩔 수가 없구나."

노인이 말했다.

"정어리라도 좀 구해 올게요. 네 마리 정도는 가져다 드릴 수
있어요."

"오늘 쓰고 남은 게 좀 있단다. 소금에 절여 미끼통에 넣어 뒀
으니 걱정 없어."

"그래도 제가 싱싱한 놈으로 네 마리 갖다 드릴게요."

"그럼 한 마리만 가지고 와."

노인이 말했다. 그는 희망과 자신감을 사그라뜨린 적이 한 번
도 없었다. 그 순간 부드러운 바람이 불어오듯 희망과 자신감이
한층 새롭게 솟구치는 기분이었다.

"그럼 두 마리요."

소년이 말했다.

"그래, 두 마리로 하자."

노인은 마지못해 소년의 말에 따랐다.

"설마 훔쳐 오는 건 아니겠지?"

"훔치려면 훔칠 수도 있지만, 이건 제가 사는 거예요."

소년이 대답했다.

"그럼 고맙게 받으마."

노인은 단순한 사람이어서 일단 양보하고 나면 지난 일을 다시 들먹이지 않았다. 하지만 자신이 양보를 했다는 걸 알고 있었고, 또 양보가 창피하거나 자존심 상하는 일이 아니라는 것도 잘 알고 있었다.

"조류가 이대로만 흐른다면 내일은 물고기 잡기 좋겠는데."

노인이 입을 열었다.

"어느 쪽으로 나가실 건데요?"

소년이 물었다.

"바람의 방향이 바뀔 때 돌아올 수 있을 만큼 멀리 나가 봐야지. 동이 트기 전에 나갈 생각이야."

"그럼 저도 우리 배 선장한테 멀리까지 나가자고 말해 볼게요."

소년이 말했다.

"그래야 할아버지가 진짜로 큰 놈을 잡았을 때 가서 도와드릴 수 있을 테니까요."

"그 사람은 멀리 나가는 걸 좋아하지 않아."

"그렇긴 해요."

소년도 노인과 같은 생각이었다.

"하지만 선장이 보지 못하는 걸 봤다고 할래요. 물고기 떼를

찾는 새 같은 걸 봤다고요. 그러면서 만새기를 쫓아 멀리 나가
보자고 할게요.”

“그 사람이 그렇게 눈이 나쁜가?”

“눈뜬장님이 따로 없어요.”

“허, 거참 이상한 일이로군. 그 사람은 거북잡이를 해 본 적도
없는데. 거북잡이를 하면 눈이 쉬이 나빠지거든.”

노인이 말했다.

“그렇지만 할아버지는 모스키티아 해안에서 여러 해 거북잡
이를 하셨는데도 눈이 좋잖아요.”

“나야 이상한 늙은이니까.”

“정말 요즘도 큰 고기를 잡을 만큼 힘이 있으신 거예요?”

“그럼! 힘도 힘이지만 요령이 있어야 해.”

“이제 고기잡이 도구를 집으로 옮겨요, 할아버지. 그래야 저도
투망을 챙겨서 정어리를 잡으러 가죠.”

소년이 말했다.

노인과 소년은 배에서 고기잡이 도구를 집어 들었다. 노인은
돛대를 어깨에 둘러멨고, 소년은 단단히 꼬아 만든 갈색 낚싯줄
뭉치가 담긴 나무 궤짝과 갈고리, 그리고 작살을 들었다. 미끼가
들어 있는 통은 고물 밑에 그대로 두었고, 그 옆에 큰 물고기를
잡을 때 사용하는 몽둥이를 나란히 놓아두었다.

노인의 물건을 훔쳐 갈 사람은 없었지만, 돛과 굵은 밧줄은 이

슬을 맞으면 망가질 수 있으니 집으로 가져가는 편이 나았다. 노인이 생각하기에도 자기 물건을 훔쳐 갈 사람은 아무도 없었다. 하지만 갈고리나 작살 같은 걸 배에 남겨 두면 누군가를 쓸데없이 유혹하게 될지도 몰랐다.

두 사람은 길을 따라 걸어 올라가 노인의 오두막 안으로 들어갔다. 노인은 돛으로 둘둘 만 돛대를 벽에 기대어 놓았고, 소년은 나무 궤짝과 나머지 도구를 그 옆에 내려놓았다. 돛대는 거의 오두막의 단칸방 길이만 했다. 오두막은 '구아노'라고 불리는 야자수의 질긴 껍질로 만들었는데, 안에는 침대와 탁자, 의자가 하나씩 있었다. 오두막의 바닥은 흙으로 덮여 있었고, 한쪽에는 숯불로 요리를 할 수 있는 공간도 있었다.

질긴 구아노 잎을 납작하게 펴서 두른 갈색 벽에는 예수 성심상과 쿠바 코브레 성지의 성모 마리아를 그린 그림 두 점이 걸려 있었다. 이 그림들은 죽은 노인의 아내가 남긴 유품이었다. 전에는 빛바랜 아내의 사진도 벽에 걸려 있었지만, 노인은 사진을 볼 때마다 더 외롭다는 생각이 들어 떼어 버렸다. 지금은 오두막 구석 선반 위, 그의 깨끗한 셔츠 밑에 보관하고 있었다.

"뭐 드실 건 있나요?"

소년이 물었다.

"누런 쌀 한 냄비에 생선을 곁들여 먹을 거야. 같이 먹을래?"

"아뇨, 저는 집에 가서 먹으면 돼요. 불을 지필까요?"

"그럴 필요 없다. 내가 나중에 해도 돼. 그냥 찬밥을 먹어도 되고."

"투망 가지고 가도 되죠?"

"그럼, 되고말고."

사실 투망은 없었다. 그리고 소년은 그걸 언제 팔아 치웠는지 기억하고 있었다. 그래도 노인과 소년은 이런 대화를 매일 되풀이했다. 소년은 누런 쌀이 담긴 냄비와 생선이 없다는 것도 이미 알고 있었다.

"팔십오는 행운의 숫자야."

노인이 말했다.

"내가 내장을 발라내고도 사백오십 킬로그램이 넘는 큰 물고기를 잡아 온다면 어떨 것 같으냐?"

"제가 투망으로 정어리를 잡아 올게요. 할아버지는 문 앞에 앉아서 햇볕이나 쬐고 계세요."

소년이 노인의 말을 못 들은 척하며 말했다.

"그럴까? 어제 신문이 있으니 야구 기사나 봐야겠구나."

소년은 어제 신문도 역시 지어낸 이야기인지 아닌지 알 수 없었다.

하지만 노인은 침대 밑에서 정말로 신문을 꺼내며 페드리코가 술집에서 준 거라고 설명했다.

"정어리 잡으러 갔다 올게요. 얼음이 들어 있는 통에 넣어 두었다가 내일 아침에 할아버지 거랑 제 것을 나누면 될 거예요. 제가 돌아오면 야구 기사에 대해 얘기해 주세요.”

“양키스는 절대로 지지 않아.”

“하지만 클리블랜드 인디언스도 만만치는 않은걸요.”

“얘야, 양키스를 믿으려무나. 양키스에는 위대한 디마지오 선수가 있잖니?”

“디트로이트 타이거스나 클리블랜드 인디언스에도 뛰어난 선수는 많아요.”

“저런! 그러다가 신시내티 레즈나 시카고 화이트 삭스까지 무서워하겠구나.”

“꼼꼼하게 읽고 나서 제가 돌아오면 얘기해 주세요.”

“팔십오로 끝니는 복권을 한 상 사면 어떨까? 내일이 물고기를 못 잡은 지 팔십오 일째 되는 날이니까 말이야.”

“그야 어렵지 않죠.”

소년이 말했다.

“그보다 할아버지가 세운 기록인 팔십칠은 어때요?”

“그런 일은 다시 일어나지 않을 거야. 팔십오로 끝나는 걸 구할 수 있겠니?”

“그럼요, 그런 복권으로 달라고 하면 돼요.”

“한 장만 사거라. 그것만 해도 이 달러 오십 센트니까. 그나저나 누구한테 돈을 빌리지?”

"문제없어요. 이 달러 오십 센트 정도는 언제든 빌릴 수 있어요."

"그 정도는 나도 빌릴 수 있을 거야. 하지만 난 웬만하면 돈을 빌리고 싶지 않아. 한번 빌리면 그다음엔 구걸을 해야 되거든."

"나이 든 사람은 몸이 따뜻해야 해요. 벌써 구월이라는 걸 잊지 마세요."

소년이 말했다.

"큰 물고기가 잡히는 계절이지. 오월처럼 누구나 어부가 될 수 있는 때는 아니야."

노인이 말했다.

"그럼 정어리 잡으러 다녀올게요."

소년이 돌아와 보니 노인은 의자에 앉은 채로 잠들어 있었다. 벌써 해가 진 뒤였다. 소년은 침대에서 군용 담요를 가져와 노인의 등과 어깨를 덮어 주었다.

노인의 어깨는 늙긴 했지만 이상할 정도로 힘이 넘쳐 보였다. 목덜미도 여전히 억세 보였고, 지금처럼 고개를 앞으로 수그리자 주름살도 잘 보이지 않았다. 군데군데 기운 셔츠는 노인의 돛을 떠올리게 했는데, 누덕누덕 기운 조각마다 햇빛에 바래 색깔이 조금씩 달라져 있었다.

그렇지만 노인의 머리는 역시 늙어 보였고, 눈을 감은 얼굴에서 생기라고는 찾아볼 수 없었다. 노인은 무릎 위에 신문을 올려놓은 채 잠들어 있었다. 다행히도 팔로 누르고 있었기에 저녁 바람에도 날아가지 않았다. 발은 맨발이었다.

소년이 다시 나갔다 돌아왔을 때에도 노인은 계속 잠을 자고 있었다.

"할아버지, 그만 일어나세요."

소년은 노인의 한쪽 무릎 위에 손을 얹고 살살 흔들며 노인을 깨웠다.

노인이 눈을 떴다. 잠시 멍하니 있던 노인이 정신을 차리고 소년에게 미소를 지었다.

"무얼 가져온 거냐?"

노인이 물었다.

"저녁거리요."

소년이 대답했다.

"우리, 이제 지녁 먹어요."

"그다지 배고프지 않은데."

"어서 드세요. 그래야 물고기도 잘 잡죠."

"안 먹고도 잡았는데, 뭘."

노인은 이렇게 말하며 신문을 접고 일어났다. 그러고는 담요도 접으려 했다.

"담요는 그대로 두르고 계세요. 제가 옆에 있는 동안에는 끼니를 거르면 물고기도 못 잡게 할 거예요."

소년이 말했다.

"네 몸이나 잘 보살펴서 오래오래 살려무나. 그런데 저녁거리는 뭐냐?"

노인이 대꾸했다.

"검은콩과 쌀밥, 바나나 튀김, 그리고 고깃국이 조금 있어요."

소년이 이중으로 된 철제 그릇에 담아 온 저녁거리는 테라스 주점에서 가져온 것이었다. 나이프와 포크, 스푼은 종이 냅킨으로 말아 주머니에 넣어 왔다.

"누가 준 거니?"

"마르틴 아저씨요. 주인 말이에요."

"고맙다고 인사해야겠구나."

"그러실 필요 없어요. 제가 벌써 인사를 했으니까요."

소년이 말했다.

"큰 물고기를 잡으면 뱃살이라도 갖다 줘야겠다. 전에도 이렇게 챙겨 준 적이 있었지?"

노인이 말했다.

"그럴 거예요."

"그럼 뱃살뿐 아니라 다른 부위를 더 줘야겠구나. 이렇게 신경을 많이 써 주니 말이야."

"맥주도 두 병 줬어요."

"난 캔맥주가 제일 좋더라."

"알아요, 하지만 이건 병맥주예요. 아 투 에이 맥주요. 병은 제가 돌려줄게요."

"고맙구나. 그럼 어디 먹어 볼까?"

노인이 말했다.

"아까부터 드시라고 했잖아요."

소년이 다정한 목소리로 말했다.

"할아버지가 드실 준비를 마칠 때까지 그릇 뚜껑도 열지 않을 생각이었어요."

"이제 먹자꾸나."

노인이 말했다.

"손을 씻고 오느라고."

'어디서 씻으셨는데요?'

소년은 속으로 물었다. 마을 공동 수도는 두 구역이나 내려가야 있었다.

'물도 길어다 놔야겠어. 비누랑 깨끗한 수건도 챙기고. 왜 이 생각을 못 했지? 겨울을 나려면 셔츠와 웃옷도 한 벌씩 더 있어야겠네. 신발과 담요도 필요하고.'

소년은 속으로 이런 생각을 하고 있었다.

"고깃국이 꽤 맛있구나."

노인이 말했다.

"야구 얘기 좀 해 주세요."

“내가 말한 대로야. 아메리칸 리그에서는 양키스가 최고라고.”

노인이 즐거운 표정으로 말했다.

“오늘은 진걸요.”

소년이 말했다.

“한 번 지는 것쯤이야 괜찮아. 위대한 디마지오가 있으니까 뭔가 보여 줄 거라고.”

“양키스에는 다른 선수들도 있잖아요.”

“그야 그렇지. 그래도 디마지오는 뭔가 달라. 그리고 다른 쪽 리그에서는 브루클린과 필라델피아가 다투는 모양인데, 난 브루클린에 걸겠어. 하지만 필라델피아의 딕 시슬러가 그 오래된 구장에서 날리던 장타는 잊을 수 없지.”

“정말 그런 타격은 처음이었어요. 딕이 친 장타는 제가 본 것 중에 최고였어요.”

“그 사람이 가끔 테라스에 들렀던 거 기억나니? 그를 데리고 낚시하러 가고 싶었지만 말을 꺼낼 용기가 없었어. 그래서 네게 말해 보라고 시켰는데, 너 역시 수줍음을 잘 타는 아이라 말을 못 붙였지.”

“생각나요. 큰 실수를 한 거죠. 그때 말을 했으면 우리와 함께 갔을지도 모르는데. 만약 그랬다면 우리한테는 평생 자랑거리가 되었을 거예요.”

“위대한 디마지오와 함께 물고기를 잡으러 가고 싶구나. 디마지오의 아버지도 어부였단다. 아마 디마지오도 우리처럼 가난한 어린 시절을 보내서 우리를 잘 이해해 줄 거야."

노인이 말했다.

"하지만 시슬러의 아버지는 가난한 적이 없었어요. 그는 제 나이 때 벌써 메이저 리그에서 뛰고 있었거든요."

"나는 네 나이 때 아프리카까지 가는 배를 탔었지. 저녁 무렵이면 해안에서 사자들을 보곤 했었는데."

"알고 있어요. 전에 얘기해 주셨잖아요."

"아프리카 얘기를 할까, 야구 얘기를 할까?"

"야구 얘기를 해 주세요."

소년이 대답했다.

"유명한 존 호타 맥그로 선수에 대해서요."

소년은 맥그로의 중간 이름을 스페인 식인 '호타'로 발음했다.

"옛날에는 맥그로도 이따금씩 테라스에 들렀지. 그 사람은 좀 까다로웠어. 말도 상스럽게 하고 술을 마시면 거칠어져서 상대하기가 어려웠지. 맥그로는 야구만큼 경마도 무척 좋아했어. 호주머니에 언제나 경주마 목록을 넣고 다닐 정도였으니까. 전화통에 대고 정신없이 말 이름을 불러 주곤 했었지."

"맥그로는 정말 대단한 감독이었죠. 우리 아빠는 맥그로가 감독 중에 최고래요."

소년이 말했다.

"그야 맥그로가 여기에 자주 왔으니까 그렇지. 만약 듀로셔가 해마다 여기 왔다면, 네 아버지는 듀로셔가 최고의 감독이라고 했을 게다."

노인이 말했다.

"그럼 할아버지가 생각하는 최고의 감독은 누군데요? 루케예요, 아니면 마이크 곤잘레스예요?"

"내 생각에는 둘 다 비슷해."

"하지만 최고의 어부는 할아버지예요."

"천만에, 나보다 더 뛰어난 어부들이 많단다."

"아뇨, 물론 물고기 잘 잡는 어부들이야 많겠죠. 훌륭한 어부도 더러는 있고요. 하지만 진짜 어부는 할아버지뿐이에요."

소년이 말했다.

"고맙구나. 그 말을 들으니 기분이 좋은걸. 내가 감당하지 못할 만큼 큰 물고기가 나타나지 않길 바라야겠구나."

"말씀하신 대로 아직 힘이 있으시다면, 할아버지가 다루지 못할 만큼 큰 물고기는 없을 거예요."

"내 생각만큼 힘을 쓸 수 있을지는 모르겠구나. 하지만 난 물고기 잡는 요령을 잘 알고 있고, 강한 의지도 있지."

노인이 말했다.

"이제 그만 주무세요. 그래야 내일 아침에 힘을 내지요. 이 그릇들은 다시 테라스에 갖다 줄게요."

"너도 잘 자려무나. 아침에 깨우러 가마."

"할아버지는 제 자명종이라니까요."

소년이 말했다.

"나이가 자명종이란다. 왜 나이를 먹으면 그리 일찍 깨는지 몰라. 하루를 더 길게 보내라는 뜻인지⋯⋯."

노인이 말끝을 흐렸다.

"글쎄요, 그건 잘 모르겠어요. 하지만 저 같은 아이들은 늦게까지 푹 잔다는 건 알고 있어요."

소년이 말했다.

"너만 할 땐 나도 그랬지. 하여튼 아침에 깨우러 가마."

노인이 말했다.

"왠지 신장이 와서 깨우는 건 싫어요. 제가 바보 같다는 생각이 들거든요."

"그렇겠구나."

"그럼 푹 주무세요, 할아버지."

소년은 밖으로 나갔다.

두 사람은 불도 켜지 않은 채 식사를 했다. 소년이 나가자 노인은 바지를 벗고 침대에 올랐다. 그러고는 바지에 신문을 대고 돌돌 말아 베개를 만들었다. 그런 다음 몸에 담요를 감고 침대에 누웠다. 침대보 대신 신문지가 깔려 있는 침대였다.

노인은 바로 잠이 들었다. 그리고 소년 시절에 가 본 아프리카 꿈을 꾸었다. 길게 펼쳐진 금빛 해변과 눈이 부실 만큼 하얀 모래사장, 바다 위로 높이 솟아오른 곳, 커다란 갈색 산봉우리가 보였다. 노인은 요즘 밤마다 같은 꿈을 꾸었다. 거친 파도 소리가 들리고 원주민들의 배가 파도를 타고 해안으로 들어오는 모습이 보였다. 그리고 갑판의 타르와 뱃밥 냄새, 육지의 바람이 몰고 오는 아프리카의 아침 냄새를 맡았다.

제 2 장

먼 바다로 나가다

노인은 평소 육지에서 부는 바람 냄새를 맡으며 잠에서 깨어나, 옷을 걸치고 소년을 깨우러 가곤 했다. 그런데 오늘 밤에는 바람 냄새를 유난히 일찍 맡아서, 잠결에도 아직 이른 시간이라고 생각했다. 다시 꿈으로 돌아간 노인은 바다 위로 솟은 섬의 하얀 산봉우리들과 수많은 항구, 또 카나리아 제도의 선착장을 보았다.

노인은 이제 폭풍이 치거나 여자가 나오는 꿈은 꾸지 않았다. 큰 사건이나 커다란 물고기, 싸움이나 힘자랑, 그리고 아내가 나오는 꿈도 꾸지 않았다. 꿈에 나타나는 건 오직 이곳저곳의 풍경과 바닷가를 돌아다니는 사자들뿐이었다. 사자들이 황혼 속에서 새끼 고양이처럼 장난을 치고 있었다. 노인은 소년만큼이나 사자들이 사랑스러웠다. 하지만 소년 꿈을 꾼 적은 한 번도 없었다.

잠에서 깬 노인은 열린 문 사이로 비치는 달빛을 바라보다가 베개로 삼았던 바지를 펴서 다시 입었다. 그는 오두막 밖에서 소변을 보고 소년을 깨우러 길을 따라 올라갔다. 서늘한 새벽 공기에 몸이 떨렸다. 이렇게 떨다 보면 어느새 한기가 가시곤 했다. 그게 아니어도 노를 젓다 보면 이내 몸이 더워졌다.

얼마 지나지 않아 소년이 사는 집에 도착했다. 문은 잠겨 있지 않았다. 노인은 문을 열고 조용히 들어갔다. 소년은 첫 번째 방의 조그만 침대에서 자고 있었다. 기울어 가는 달빛이 새어 들어와 소년의 얼굴을 또렷이 비춰 주었다.

노인이 소년의 한쪽 발을 부드럽게 잡자, 잠에서 깬 소년이 몸을 돌려 노인을 바라보았다. 노인이 고개를 끄떡이자 소년은 침대 옆 의자에 걸쳐 놓은 바지를 집어 들었다. 그리고 침대에 걸터앉아 주섬주섬 옷을 입기 시작했다.

노인이 밖으로 나가자 소년이 뒤를 따랐다.

"미안하구나."

아직 잠에서 덜 깬 소년의 어깨를 감싸 안으며 노인이 말했다.

"아니에요, 남자라면 당연히 일찍 일어나서 일을 해야죠."

소년이 대꾸했다.

두 사람은 노인의 오두막이 있는 곳까지 길을 따라 내려갔다. 아직 어둠이 걷히지 않았는데도, 돛대를 어깨에 멘 사람들이 부지런히 움직이고 있었다.

노인의 오두막에 이르자 소년은 바구니에 담긴 낚싯줄 뭉치와 갈고리, 작살을 집어 들었다. 노인은 돛으로 둘둘 만 돛대를 어깨에 둘러멨다.

"커피 드실래요?"

소년이 물었다.

"우선 이것들을 배에 갖다 놓고 마시자꾸나."

두 사람은 어부들을 위해 아침 일찍 문을 연 식당에서 커피에 연유를 듬뿍 섞어 마셨다.

"푹 주무셨어요, 할아버지?"

소년이 물었다. 잠에서 완전히 깨지 못해 흐리멍덩하던 머릿속이 커피가 한 모금 들어가자 맑아진 모양이었다.

"아주 잘 잤단다, 마놀린. 오늘은 자신 있어."

노인이 대답했다.

"저도 잘 잤어요. 이제 할아버지와 제가 쓸 정어리, 그리고 할아버지가 쓸 싱싱한 미끼를 가져올게요. 우리 배의 선장은 낚시도구를 손수 날라요. 다른 사람은 절대 못 건드리게 하죠."

"우리는 다르지. 나야 네가 다섯 살 때부터 짐을 나르게 했으니까."

노인이 말했다.

"그랬죠."

소년이 말했다.

"금방 돌아올게요. 커피 한 잔 더 하세요. 우리는 이 집 단골이라 괜찮아요."

소년은 밖으로 나가더니, 맨발로 산호 바위를 넘어 미끼를 보관해 둔 냉동 창고 쪽으로 갔다.

노인은 천천히 커피를 마셨다. 커피 한 잔으로 하루를 보내야 했기 때문에 한 방울도 남기지 말고 마셔 두어야 했다. 노인은 오래전부터 먹는 것조차 귀찮아져 점심을 아예 챙기지 않았다. 그저 뱃머리에 놓아둔 물 한 병이면 하루를 충분히 버틸 수 있었다.

소년이 정어리와 미끼로 쓸 물고기 두 마리를 신문지에 싸서 들고 돌아왔다. 노인과 소년은 모래 사이사이에 섞인 조약돌의 감촉을 발바닥으로 느끼며 오솔길을 따라 배가 있는 곳까지 걸어갔다. 배에 도착한 두 사람은 배를 밀어 물에 띄웠다.

"할아버지, 행운을 빌어요."

"그래, 너도 행운을 빈다."

노인이 말했다.

노인은 노를 받침대에 끼우고 나서 밧줄로 묶었다. 그러고는 몸을 앞으로 숙이면서 물속에 담긴 노를 힘껏 저어 어둠에 묻힌 항구를 빠져나가기 시작했다. 해안 여기저기에 닻을 내리고 있던 다른 배들도 바다로 나가고 있었다. 달이 산 너머로 기운 뒤라서 형체가 분명하게 보이지는 않았지만 노 젓는 소리는 또렷이 들려왔다.

어떤 배에서는 이따금 말소리도 들렸지만, 노 젓는 소리 외에는 대부분 조용했다. 항구를 빠져나간 배들은 제각기 고기를 잡기 위해 점찍어 둔 곳으로 뿔뿔이 흩어졌다. 노인은 멀리 나갈 생각이었다. 그래서 육지에서 부는 바람을 뒤로한 채 상쾌한 냄새를 풍기는 아침 바다를 향해 노를 저었다.

배가 어부들 사이에서 '큰 우물'이라고 불리는 곳에 다다르자 물속에서 멕시코 만의 해초가 내뿜는 인광(햇빛을 받은 물체가 해가 진 뒤에도 계속해서 내는 빛 — 옮긴이)이 보였다. 수심이 갑작스럽게 칠백 길(성인이 두 팔을 벌린 길이로, 한 길은 약 1.83미터 — 옮긴이) 정도로 깊어지는 큰 우물에서는 조류가 해저의 가파른 비탈에 부딪혀 소용돌이를 만들기 때문에 온갖 물고기들이 몰려들었다. 작은 새우를 비롯해 미끼용 물고기가 떼를 지어 머물러 있었고, 때때로 깊은 곳에 있던 오징어 떼가 밤 사이 수면 가까이 올라왔다가 마침 그곳을 지나던 큰 물고기들의 밥이 되기도 했다.

노인은 어둠 속에서도 아침이 다가오는 것을 느꼈다. 노를 저으면서 날치가 물 위로 뛰어오를 때 튀기는 물소리를 들었다.

또 날개를 빳빳이 세우고 휫휫 소리를 내며 어둠 속에서 높이 날아가는 기척도 알아챘다.

노인은 날치를 바다에서 가장 다정한 친구라고 생각하며 좋아했다. 하지만 새들을 보면 언제나 가여웠다. 특히 물고기를 찾아 날아다니면서도 허탕만 치는 작고 가냘픈 까만 제비갈매기가 제일 안쓰러웠다. 노인은 잡은 물고기를 채 가는 도둑 새나 크고 힘센 새를 제외하면 새들의 삶이 인간의 삶보다 고달프다는 생각이 들었다.

바다가 이토록 잔인한데 어쩌자고 자연은 제비갈매기처럼 작고 연약한 새를 만들었을까? 물론 바다는 온화하고 아름다웠다. 하지만 갑자기 잔인해지기도 했다. 처량한 울음소리를 내며 바다 위를 날다가 물고기를 잡으려고 부리를 바닷물에 담그는 작은 새들은 변화무쌍한 바다에 견주어 너무나 연약했다.

노인은 바다를 언제나 '라 마르(la mar)'라고 생각했다. 라 마르는 바다를 좋아하는 사람들이 스페인 어로 바다를 부르는 말이었다. 간혹 바다를 사랑하는 사람도 바다를 욕할 때가 있기는 했다. 그래도 그들은 한결같이 여성형 '라(la)'를 붙여 바다를 여성으로 불렀다.

몇몇 젊은 어부들은 남성형 '엘(el)'을 붙여 바다를 '엘 마르(el mar)'라고 부르는 경우도 있었다. 상어 간으로 큰돈을 벌어 구입한 모터보트를 몰고 다니면서, 낚시할 때 부표를 낚싯줄에 매달아 물에 띄우는 사람들이었다. 이들은 바다를 경쟁 상대나 싸워야 하는 곳, 심지어 적으로 대하기도 했다.

하지만 노인은 한결같이 바다를 여성으로 여겼고, 바다가 큰 혜택을 줄 때도 있고 주지 않을 때도 있다고 생각했다. 행여나 바다가 난폭해지거나 심술을 부릴 때면 바다도 어쩔 수 없기 때문이라고 믿었다. 또 달이 여성에게 영향을 끼치듯 바다에도 영향을 준다는 것이 노인의 생각이었다.

노인은 쉬지 않고 노를 저었다. 간혹 파도가 밀려와 소용돌이치는 것을 제외하면, 바다는 무척이나 잔잔했기 때문에 일정한 속도를 유지하는 데 그다지 힘이 들지 않았다. 노를 젓는 일도 삼분의 일은 조류의 흐름에 맡겼다. 그래서 그런지, 날이 밝기 시작할 무렵에는 예상했던 것보다 훨씬 더 멀리까지 나올 수 있었다.

노인은 생각했다.

'일주일 동안 큰 우물에서 낚시를 했지만 아무 성과도 없었어. 오늘은 가다랑어와 날개다랑어 떼가 있는 곳으로 나가 보자. 그 녀석들 틈에 큰 놈이 있을지도 몰라.'

날이 완전히 밝기 전에 노인은 낚시를 드리우고 조류의 흐름에 배를 맡겼다. 미끼 한 개를 사십 길 깊이로 담그고, 또 한 개는 칠십오 길 깊이로 내려보냈다. 그리고 세 번째와 네 번째 미끼는 진한 푸른색을 띠고 있는 바다 아래, 각각 백 길과 백이십오 길 깊이로 내려보냈다.

미끼는 꼬리부터 낚싯바늘에 꿰어 바늘의 곧은 부분까지 밀어 올린 뒤 떨어지지 않게 단단히 묶었다. 미끼 밖으로 튀어나온 바늘 끝 뾰족하게 굽은 부분에는 싱싱한 정어리를 여러 마리 꿰어서 바늘이 보이지 않게 잘 덮었다. 그러자 두 눈을 꿰뚫린 채 꽂혀 있는 정어리들이 반달 모양의 화환처럼 보였다. 큰 물고기가 구수한 냄새를 맡고 입맛을 다시지 않을 수 없도록, 낚싯바늘을 온전히 정어리로만 감싸 두었다.

소년이 가져다준 작고 싱싱한 다랑어 두 마리는 낚싯줄 두 개에 추처럼 매달려 바닷속 깊이 드리워져 있었다. 나머지 낚싯줄에는 큼직한 푸른 줄무늬 전갱이와 누런 갈전갱이를 매달았는데, 한 번 사용했던 것이긴 하지만 아직은 쓸 수 있을 정도로 신선했다. 어쨌든 싱싱하고 먹음직스러운 정어리가 물고기들을 불러들일 테니 딱히 걱정스런 마음이 들지는 않았다.

연필 굵기만 한 낚싯줄에는 물에 뜨는 녹색 찌가 달려 있었다. 물고기가 와서 미끼를 당기거나 조금만 건드려도 찌가 물속으로 기울게 되어 있었다. 각 줄에는 길이 사십 길 정도 되는 줄 뭉치가 두 벌씩 연결되어 있었는데, 각 뭉치를 다른 예비용 줄에 연결할 수도 있었다. 비상시에 미끼를 문 물고기가 삼백 길 이상 낚싯줄을 끌고 가더라도 문제가 없을 터였다.

이제 노인은 배 양쪽으로 드리운 찌 세 개가 물속으로 기울어지지는 않는지 살피면서, 물속에 잠긴 낚싯줄이 적당한 깊이에서 유지되도록 조심스럽게 노를 저었다. 동이 터 오는 것으로 미루어 조만간 해가 바다 위로 떠오를 것만 같았다.

잠시 후 해가 옅은 빛을 비추며 수평선 위로 서서히 떠오르자, 멀리 해안 가까운 쪽에 조류를 가로지르며 흩어져 있는 납작한 배들이 보였다. 이윽고 해가 완전히 떠오르자 주변이 온통 환해지면서 수면이 눈부시게 빛나기 시작했다. 수면에 반사된 햇빛이 눈을 찌를 듯 아프게 하자, 노인은 햇빛을 피해 바다에서 눈을 돌린 채 노를 저었다.

노인은 시커먼 바닷속을 들여다보면서 낚싯줄이 똑바로 드리워져 있는지 살폈다. 노인은 항상 낚싯줄을 팽팽하게 드리웠다. 그래야민 킴김한 어둠이 깔린 바닷속 깊은 곳이라 할지라도, 자신이 원하는 정확한 위치에 미끼를 던져 놓을 수 있었다. 다른 어부들은 낚싯줄이 해류를 따라 흘러가도록 내버려 두기 때문에, 실세로는 육십 길 깊이에 드리운 낚싯줄도 때로는 백 길 깊이처럼 여겨질 때가 있었다.

노인은 혼자서 생각했다.

'나야 언제나 정확하지. 다만 이제는 운이 따라 주지 않을 뿐이야. 그렇지만 오늘은 큰 놈이 걸릴지 누가 알겠어? 하루하루가 새로운 날이니까 말이야. 물론 운이 따라 준다면 더없이 좋겠지. 하지만 일을 대충대충 할 수는 없어. 정확히 해 둬야 운이

다가왔을 때 낚아챌 수 있을 테니까.'

해가 뜬 지 두 시간이 지나자 이제 동쪽을 바라보아도 눈이 아프지 않았다. 눈에 보이는 배는 세 척밖에 없었다. 그것도 멀리 해안 쪽 수면 가까이에 납작 달라붙어 있어서 아주 조그맣게 보였다.

노인은 다시 속으로 생각했다.

'아침 햇살 때문에 평생 이렇게 눈이 아팠지. 그래도 아직은 끄떡없어. 저녁때는 해를 똑바로 쳐다봐도 눈앞이 캄캄해지지 않으니까. 그런데 저녁 햇살도 똑같이 강렬한데 어째서 아침 햇살에만 눈이 아플까?'

바로 그때, 길고 검은 날개를 펼친 군함새가 바로 앞에서 원을 그리며 나는 모습이 보였다. 군함새는 날개를 뒤로 접은 채 머리를 아래로 향하고 쏜살같이 내려왔다 올라가기를 반복하고 있었다.

"저놈이 뭔가 봤군!"

저절로 큰 소리가 나왔다.

"저건 단순히 물고기를 찾는 동작이 아니야."

노인은 새가 맴도는 방향을 향해 천천히, 계속해서 노를 저어 갔다. 낚싯줄이 처음 드리워진 방향을 유지할 수 있도록 서두르지 않고 조심스레 노를 저었다. 하지만 평상시에 고기잡이를 할 때보다는 빨랐다. 간혹 뱃전에 큰 물결이 일곤 했지만 낚싯줄은 처음 드리운 그대로였다.

새는 한층 더 높이 올라가 날갯짓도 하지 않은 채 여전히 맴돌고 있었다. 그러다가 갑자기 수면을 향해 쏜살같이 내려왔다. 날치가 물 밖으로 튀어나와 필사적으로 수면 위를 날아가는 모습이 보였다.

"만새기(몸 길이가 1.5미터 정도 되는 만새깃과의 바닷물고기 — 옮긴이)다!"

노인은 큰 소리로 외쳤다.

"아주 큰 만새기 떼로군!"

그는 노를 받침대에 고정시키고 뱃머리 아래에서 작은 낚싯줄을 꺼냈다. 그 줄에는 철사로 된 목줄(낚싯바늘과 낚싯줄을 이어 주는 부분 — 옮긴이)과 중간 크기의 낚싯바늘이 달려 있었다. 노인은 낚싯바늘에 정어리 한 마리를 미끼로 달아 뱃전 너머로 드리웠다. 그런 다음 낚싯줄을 고물에 있는 고리 달린 걸쇠에 단단히 묶었다. 이어서 다른 낚싯줄에도 미끼를 달아 뱃머리 판자 밑에 감아 두었다.

노인은 다시 노를 저으면서 검은색 긴 날개를 가진 군함새가 물고기를 찾는 모습을 지켜보았다. 새는 이제 수면에 바짝 붙어서 날고 있었다. 새는 날개를 접은 채 수면 위로 빠르게 부리를 내리꽂았다가 다시 날개를 거칠게 퍼덕이며 날치를 쫓았다. 하지만 아무 성과도 없었다.

커다란 만새기가 도망치는 날치를 쫓아 수면 가까이 올라올 때면 순간적으로 수면이 불룩 솟아올랐다. 만새기는 공중을 날아가는 날치 아래서 물살을 가르며, 날치가 수면으로 떨어지는 찰나에 받아먹으려고 속도를 맞추어 쫓고 있었다.

노인은 굉장히 큰 만새기 떼라고 생각했다. 만새기들이 넓게 퍼져서 쫓고 있었기 때문에 날치에게는 도망칠 길이 거의 없었다. 하지만 새에게도 날치를 잡을 기회는 오지 않을 터였다. 날치의 몸집이 새보다 크고 속도도 훨씬 빨랐기 때문이다.

노인은 연달아 물 위로 뛰어오르는 날치와 번번이 허탕만 치는 새의 동작을 지켜보았다. 만새기 떼는 점점 멀어지고 있었다. '먼 바다로 아주 빠르게 헤엄쳐 가고 있군. 어쩌면 그중에 뒤처진 놈이 걸릴지도 몰라. 혹시 그놈들 사이에 내가 기다리는 큰 놈이 섞여 있을 수도 있어. 그놈은 분명 어딘가에 있을 거야.'

멀리 육지 위에 떠 있는 구름은 마치 거대한 산 같았다. 해안은 이제 거의 녹색 선으로밖에 보이지 않았고, 그 뒤로 회색빛을 띤 푸르스름한 산이 보였다. 바닷물은 검푸르다 못해 보랏빛으로 보일 정도였다. 물속을 들여다보니 어두운 물속을 떠다니는 빨간 플랑크톤이 보였고, 바닷속에 비치는 햇살은 이상한 빛을 발하고 있었다.

노인은 낚싯줄이 똑바로 드리워져 있는지 확인하려고 잘 보이지 않는 물속을 자세히 살펴보다가, 물속에 플랑크톤이 많은 걸 보고 기분이 좋아졌다. 물고기가 모여들 조짐이었기 때문이다. 지금처럼 해가 높이 떠올랐을 때, 햇빛을 받은 바다가 이상한 빛을 띤다는 것은 날씨가 좋을 거라는 의미였다. 육지 위로 피어오른 구름 역시 좋은 날씨가 계속되리라는 걸 알려 주고 있었다.

이제 주위를 둘러봐도 새는 더 이상 보이지 않았다. 물위에 보이는 것이라곤 햇빛에 누렇게 바랜 해초 더미 몇 개와 뱃전 가까이 떠다니는 고깔해파리밖에 없었다. 끈적끈적한 부레 모양에 보랏빛을 띠는 고깔해파리는 보는 각도에 따라 색깔이 달라 보였다. 해파리는 몸을 옆으로 비스듬히 돌렸다가 다시 본래 자세로 돌아왔다. 길이가 구십 센티미터쯤 되는 진한 보라색 촉수가 달려 있었는데, 이 촉수에 강한 독성이 있었다. 해파리는 물속에서 거품을 일으키며 흥겹게 떠다녔다.

"아구아 말라('나쁜 물'이라는 뜻으로, 해파리를 가리키는 스페인어 — 옮긴이)로군."

노인이 중얼거렸다.

"매춘부 같은 것!"

노인은 물속을 들여다보며 가볍게 노를 저었다. 해파리의 촉수와 비슷한 색을 띤 조그마한 물고기들이 해파리가 만든 작은 물거품 그늘 아래에서 헤엄치고 있었다. 그 물고기들은 해파리의 독에 면역이 되어 있었다.

하지만 사람은 달랐다. 노인이 낚시질하는 동안 미끈미끈한 보랏빛 섬유질 촉수의 일부가 낚싯줄에 달라붙어 있다가 노인의 피부에 닿기라도 하면, 마치 담쟁이덩굴이나 옻나무를 만졌을 때처럼 손과 팔의 살갗이 헐고 상처가 생길 것이었다. 해파리의 독은 순식간에 퍼지는 데다, 채찍으로 맞을 때처럼 쓰라렸다.

보는 각도에 따라 색이 달라지는 해파리는 무지갯빛처럼 아름다웠다. 하지만 해파리는 바다에서 가장 악랄한 위선자였다.

그래서 노인은 큰 바다거북이 그놈들을 먹어 치우는 모습을 볼 때마다 아주 즐거웠다. 바다거북은 해파리를 보면 바로 앞까지 다가가서 몸을 등딱지로 완전히 뒤덮은 다음, 눈을 감은 채 섬유질 촉수를 비롯해 남기는 것 하나 없이 해파리를 몽땅 먹어 치웠다. 노인은 바다거북이 해파리를 먹어 치우는 모습을 보는 게 좋았다. 그뿐 아니라 폭풍이 지나간 뒤 해변으로 밀려온 해파리를, 펑펑 소리가 나도록 굳은살이 박힌 발로 꾹꾹 밟고 다니는 것도 좋아했다.

푸른거북과 대모거북은 겉모습이 우아한 데다 속도가 매우 빨랐다. 그리고 무엇보다 가격이 비싸서 마음에 들었다. 하지만 등딱지가 누런 붉은거북은 덩치만 크고 미련한 데다 짝짓기 동작도 괴상했다. 눈을 감고 고깔해파리를 게걸스럽게 먹어 치우는 모습도 마뜩지가 않았다.

노인은 오랫동안 거북잡이 배에서 일을 했지만, 바다거북에 대한 신비감은 전혀 없었다. 그저 가여운 생각이 들 뿐이었다. 등딱지가 조각배만큼 거대한 데다 무게가 일 톤 넘게 나가는 커다란 거북이라 할지라도 똑같은 마음이 들었다. 사람들이 칼질을 해서 살을 발라낸 뒤에도 바다거북의 심장은 몇 시간 동안이나 계속해서 펄떡펄떡 뛰었다. 그렇거나 말거나 대부분의 사람들은 크게 신경 쓰지 않았다. 하지만 노인은 안쓰러운 마음과 함께 이런 생각이 들었다.

'나에게도 그런 강한 심장이 있어. 그리고 내 손과 발도 거북처럼 잘 지치지 않지!'

노인은 체력을 유지하기 위해 하얀 바다거북 알을 찾아 먹곤 했다. 구월에서 시월 사이, 정말 큰 물고기를 잡을 때 힘을 쓰기 위해 오월 한 달 내내 거북 알을 먹었다.

노인은 또 어부들이 고기잡이 도구를 보관하는 창고의 큰 드럼통에서 날마다 상어의 간유를 한 컵씩 퍼마시기도 했다. 간유는 마시고 싶어 하는 어부라면 언제라도 마실 수 있도록 창고 한쪽에 마련되어 있었다. 어부들 대부분은 간유의 맛에 몸서리를 쳤지만, 매일같이 새벽에 일어나는 수고에 비하면 별것도 아니었다. 게다가 상어의 간유는 감기나 독감에 아주 잘 들었고 눈에도 좋았다.

노인이 고개를 들자 다시 공중을 맴도는 새가 보였다.

"저 녀석이 또 물고기를 발견했구나."

그는 자기도 모르게 큰 소리로 외쳤다.

수면 위로 뛰어오르는 날치도 없었고 미끼용 작은 물고기들이 흩어져 있지도 않았다. 노인이 지켜보고 있자니 작은 다랑어한 마리가 수면 위로 뛰어올랐다가 방향을 바꿔 머리부터 다시물속으로 들어가는 모습이 보였다. 햇살에 다랑어가 은빛으로번쩍였다. 한 놈이 물속으로 들어간 뒤에 다른 다랑어가 잇달아수면 위로 뛰어올랐다. 사방에서 수면을 휘저으며 펄쩍펄쩍 뛰어오르는 모습이 먹이를 발견한 것 같았다. 다랑어는 먹잇감을둥글게 에워싸며 쫓고 있었다.

제 3 장

팔십육 일 만의 선물

'지놈들이 저렇게 빠르지만 않다면 한번 한복판으로 배를 몰아 보겠는데.'

다랑어 떼가 하얀 물거품을 일으키며 뛰어오르자 겁을 먹은 작은 물고기들이 수면 쪽으로 몰리고 있었다. 그 물고기들을 노린 새가 쏜살같이 내려와 물속으로 뛰어들었다.

"새가 큰 도움이 되는군."

노인이 혼자 중얼거렸다.

바로 그때, 밟고 있던 고물 쪽의 낚싯줄이 팽팽해지는 것을 느꼈다. 그는 노를 내려놓고 팽팽한 줄을 잡아당기기 시작했다. 그러자 줄이 부르르 떨리며 다랑어가 잡아당기는 힘이 느껴졌다.

그리 크지 않은 놈 같았다. 줄을 뱃전으로 더 가까이 끌어당기자 떨림은 더 거세졌고 물속에서 다랑어의 푸른 등이 보였다.

다랑어를 배 안으로 힘껏 끌어당기면서 보니 옆구리가 황금빛으로 번쩍였다. 통통하게 살이 오른 총알 모양의 다랑어는 배 뒤편 바닥에 햇빛을 받으며 누워 있었다. 녀석은 멍한 두 눈을 크게 뜨고 날렵한 꼬리를 쉴 새 없이 퍼덕였는데, 배의 판자를 부서져라 두드리는 것이 제 죽음을 재촉하는 꼴이었다.

노인은 친절을 베푸는 마음으로 다랑어의 머리를 몽둥이로 내리치고는 여전히 떨고 있는 놈을 발로 차서 고물 구석으로 밀어 놓았다.

"날개다랑어로군!"

노인은 크게 소리쳤다.

"훌륭한 미끼가 되겠어. 오 킬로그램은 족히 나가겠는걸."

그는 큰 소리로 혼잣말을 하는 습관이 언제부터 생겼는지 기억이 나지 않았다. 전에는 혼자 있을 때면 노래를 불렀다. 잡은 물고기를 산 채로 보관하는 시설을 갖춘 배나 거북잡이 배를 탈 때, 야간 당번을 서며 혼자 키를 잡으면 이따금 노래를 불렀다. 아마 큰 소리로 혼잣말을 시작한 것은 소년이 배를 떠나고 난 뒤부터인 듯했다.

하지만 그것도 분명하지는 않았다. 노인과 소년이 함께 고기잡이를 할 때는 보통 필요한 말만 했다. 밤이 되었거나 폭풍이 몰아쳐서 배를 타지 못할 때만 이야기를 나누었다. 바다에서는 불필요한 말을 하지 않는 것을 미덕으로 여겼고, 노인 또한 같은 생각이어서 그렇게 했다. 그러나 지금처럼 혼자 있을 때는 속마음을 아무리 크게 드러내도 방해받을 사람이 없으니 상관없었다.

"이렇게 혼자서 큰 소리로 떠드는 걸 남들이 들으면 아마도 미쳤다고 여길지도 모르지."

노인이 큰 소리로 말했다.

"그러면 어때? 내가 안 미쳤으면 됐지 무슨 상관이람. 돈 많은 자들이야 얘기도 들려주고, 야구 중계도 해 주는 라디오가 있지만, 난 아무것도 없잖아."

그러나가 노인은 생각했다.

'그나저나 지금 야구에 정신 팔 때가 아니지. 지금은 단 하나만 생각해야 해! 내 천직 말이야. 저 물고기 떼 사이에 큰 놈이 섞여 있을지도 몰라. 겨우 먹이를 쫓는 다랑어 무리에서 뒤처진 놈 한 마리를 잡았을 뿐이야. 저놈들은 먹이를 찾으러 멀리 나갈 뿐 아니라 속도도 아주 빨라. 그런데 오늘 보이는 놈들은 하나같이 북동쪽을 향하고 있군. 지금이 그럴 시기인가? 아니면 날씨가 크게 변할 징조인가?'

녹색 선으로 보이던 해안도 더 이상 시야에 들어오지 않았다. 보이는 것이라고는 눈으로 된 모자를 뒤집어쓴 듯 꼭대기만 하얕게 빛나는 푸른 산봉우리와, 그보다 더 높은 곳에 떠 있는 산 모양 뭉게구름뿐이었다. 바닷물은 검푸른색을 띠고 있었는데, 햇빛이 수면에 반사되어 프리즘처럼 여러 가지 색으로 빛났다. 해가 높이 뜨자 가지각색의 점처럼 보이던 플랑크톤도 사라졌다. 이제 천육백 미터 깊이의 바다에 똑바로 드리워진 낚싯줄과 깊은 바다가 만들어 내는 무지개 빛깔을 제외하고는 눈에 띄는 게 거의 없었다.

다랑어 떼는 다시 물속으로 사라져 버렸다. 어부들은 다랑어 종류의 물고기를 뭉뚱그려 흔히 다랑어라고 불렀다. 제각기 정해진 이름으로 제대로 불러 구별하는 경우는 사고팔거나 미끼 고기와 바꿀 때뿐이었다.

뜨거운 햇살이 목덜미에 내리꽂혔다. 노인은 노를 저으면서 등줄기를 타고 흘러내리는 땀방울을 느꼈다. 물결에 배를 맡기고 잠시 눈을 붙여도 괜찮을 것 같았다. 발끝에 줄을 묶어 두면 물고기가 당길 때 잠에서 깰 수 있었다.

'하지만 오늘로 물고기를 못 잡은 지 팔십오 일째라고! 그러니 어떻게든 정신을 차리고 제대로 해야 돼!'

노인은 각오를 새롭게 다지며 줄을 바라보았다. 바로 그때 녹색 찌 하나가 물속으로 쑥 들어가는 것이 보였다.

"그래!"

저절로 탄성이 나왔다.

"바로 이거야!"

노인은 배가 흔들리지 않도록 노를 가만히 받침대에 내려놓았다. 그러고는 팔을 뻗어 오른손 엄지손가락과 집게손가락으로 부드럽게 낚싯줄을 잡았다. 팽팽한 당김이나 별다른 무게는 느껴지지 않았지만 노인은 줄을 가볍게 잡고 기다렸다. 다시 신호가 왔다. 이번에도 힘차거나 묵직한 느낌은 아니었고 시험 삼아 당기는 듯했다.

어떤 상황인지 노인은 정확하게 알고 있었다. 백 길 물속에서 청새치 한 마리가 미끼에 입질을 하고 있는 것이었다. 미끼인 작은 다랑어는 낚싯바늘에 꿰어져 있었고, 바늘의 구부러진 부분은 정어리로 감싸여 있었다.

노인은 **왼손**으로 줄을 살며시 잡고는 손가락 사이로 조금씩 줄을 풀기 시작했다. 지금은 물고기가 이상한 낌새를 눈치채지 못하도록 줄을 풀어 줘야 했다. 이 계절에 이 정도 수심이면 아주 큰 놈이 틀림없었다.

'물어라, 물고기야. 어서 물어. 덥석 물라고! 네 눈엔 백팔십 미터 깊이의 차디찬 물속에 있는 미끼가 무척이나 싱싱해 보이지? 그러니 그 캄캄한 바닷속에서 다시 다가와 먹이를 물란 말이다!'

그때 가볍게 당기는 미세한 느낌이 왔다. 이어서 당기는 느낌이 조금 더 강해졌다. 정어리를 낚시에서 벗겨 내려고 힘을 쓰고 있는 모양이었다. 그러고는 아무런 반응이 없었다.

"어서 먹으라고!"

노인이 큰 소리로 말했다.

"다시 한 번 덤벼 봐! 냄새를 좀 맡아 보라고. 구수하지 않니? 어서 맛있게 먹으란 말이야. 다랑어도 있잖아. 살이 단단하고 고소한 다랑어 몰라? 겁내지 말고 얼른 먹어 봐, 물고기야!"

노인은 엄지손가락과 집게손가락으로 잡은 낚싯줄을 바라보면서 기다렸다. 그리고 물고기가 위로 올라올지, 아래로 내려갈지, 또 다른 미끼를 물지 몰라 조바심을 내면서 다른 낚싯줄도 함께 살폈다. 그때 조금 전처럼 미세하게 당기는 느낌이 다시 전해졌다.

"결국은 먹게 될걸."

노인은 큰 소리로 외쳤다.

"하느님, 제발 미끼를 물게 해 주소서!"

그러나 물고기는 미끼를 물지 않았다. 아주 가 버렸는지 줄을 잡은 손에 아무런 느낌이 없었다.

"갔을 리가 없어."

그가 말했다.

"절대 가 버렸을 리가 없지. 다시 돌아올 거야. 어쩌면 전에도 한 번 미끼를 물었다가 고생한 적이 있어서 그때 일을 떠올린 건지도 모르지."

그때 줄을 가볍게 스치는 느낌이 전해졌다. 노인은 마음이 놓였다.

"잠시 주변을 한 바퀴 돌았을 뿐이야. 결국은 먹겠지."

다시 가볍게 당기는 느낌이 들자 노인은 기분이 좋아졌다.

그런데 그 순간 갑자기 힘찬 움직임이 전달되면서 낚시줄을 통해 믿을 수 없을 만큼 묵직한 무게가 느껴졌다. 물고기의 무게가 심상치 않았다. 노인은 줄을 계속 밑으로 풀어 주었다. 조금씩 풀려 나가는 줄은 예비 줄 두 개 중 하나가 다 풀릴 때까지 멈추지 않았다. 줄이 손가락 사이를 지나 계속 풀려 나가는 동안 아무런 힘도 주지 않았지만, 노인은 손끝에서 엄청난 무게를 느꼈다.

"굉장한 놈이로군! 미끼를 물고 열심히 도망치고 있어."

노인이 큰 소리로 말했다.

그러다 돌아서서 한입에 집어삼킬 거라고 생각했다. 그는 이런 생각을 입 밖에 내지 않았다. 미리 말부터 앞세우면, 될 일도 안 되는 경우가 있다는 것을 잘 알고 있었기 때문이다. 노인은 미끼를 문 놈이 엄청나게 큰 물고기일 거라고 짐작했다. 지금 그놈은 다랑어를 입에 문 채 열심히 어두운 바닷속을 헤엄치는 중이리라.

그때 움직임을 멈추는 느낌이 왔지만 무게감은 그대로 남아 있었다. 오히려 당기는 힘이 더 커지자, 노인은 줄을 더 풀어 주었다. 엄지와 집게손가락에 힘을 주는 순간 무게감이 더 커지면서 줄이 빠르게 풀려 내려갔다.

"드디어 문 게로군. 이번에는 제대로 먹게 해 주마."

노인은 손가락 사이로 줄을 풀면서 왼손을 뻗어 다른 낚시줄에 연결된 예비 줄 뭉치 두 개를 집어 들었다. 그리고 손가락으로 잡고 있던 줄에 예비 줄을 길게 비끄러매었다. 이제 모든 준비가 갖춰졌다. 지금 풀려 나가는 줄까지 합해서 사십 길 길이의 낚싯줄 세 개가 더 연결된 셈이었다.

"조금만 더 먹어라."

노인이 중얼거렸다.

"몽땅 꿀꺽 삼켜 버리라고!"

노인은 낚싯바늘이 심장에 박힐 때까지 통째로 삼키라고 속으로 외쳤다.

'빨리 올라와! 네 몸에 작살을 박아 줄 테니까. 옳지, 좋았어! 이제 준비됐냐? 이제 충분히 먹었냐고?'

"지금이다!"

노인은 큰 소리로 외치고는 두 손에 힘을 잔뜩 주면서 줄을 구십 센티미터쯤 잡아당겼다. 그런 다음 무게 중심을 잡으며 온 힘을 다해 양팔로 줄을 잡아당겼다.

하지만 아무 소용도 없었다. 물고기는 아무렇지도 않은 듯 유유히 움직였고, 노인은 한 치도 더 끌어올릴 수가 없었다.

낚싯줄은 무거운 물고기를 너끈히 잡아 올릴 수 있을 만큼 튼튼했다. 노인은 물방울이 뚝뚝 흐르는 줄을 어깨에 감고 팽팽하게 잡아당겼다. 그때 물속에서 쉿쉿 소리가 나더니 줄이 움직이기 시작했다. 그는 물고기가 끌어당기는 힘에 밀리지 않도록 발을 있는 힘껏 바닥에 붙이고는 몸을 뒤로 젖힌 채 계속 줄을 잡아당겼다. 배는 천천히 북서쪽으로 움직였다.

쉼 없이 움직이는 물고기 때문에 노인의 배도 덩달아 잔잔한 바다 위를 떠돌았다. 다른 미끼들은 여전히 바닷속에 드리워져 있었다. 하지만 손을 쓸 수가 없었다.

"그 애가 있어야 하는 건데."

노인은 큰 소리로 외쳤다.

"물고기한테 끌려가는 신세로구나. 나는 그저 통나무처럼 끌려갈 뿐이야. 줄을 배에 단단히 묶어 놓는다 해도 저놈이 당기는 힘이 워낙 세서 금방 끊어져 버릴 거야. 이렇게 꼭 잡고 있다가 저놈의 움직임에 맞춰서 줄을 천천히 풀어 줘야 해. 저놈이 좌우로만 움직일 뿐 더 깊이 내려가지 않는 것만으로도 다행이로군."

물고기가 갑자기 더 깊은 곳으로 내려가 버리면 어떻게 해야 할지 노인도 알 수가 없었다. 혹시 깊은 바다로 내려가서 죽어 버리기라도 하면 어쩌나, 걱정이 되었다. 그러기 전에 방법을 찾아야 했다. 할 수 있는 일은 얼마든지 있으니까.

노인은 줄을 어깨에 메고는 물속으로 비스듬히 기울어진 채 북서쪽으로 조금씩 이동하는 배를 지켜보았다.

'이대로 계속 가다가 결국 죽어 버릴 거야. 제 놈이 언제까지 이렇게 도망칠 수는 없겠지.'

노인은 속으로 생각했다.

하지만 네 시간이 흐른 뒤에도 물고기는 배를 끌고 줄기차게 바다 한가운데로 나아가고 있었다. 노인은 아직 줄을 어깨에 멘 채로 꿋꿋이 버티고 있었다.

"저놈이 낚시에 걸린 게 정오 무렵이었는데, 아직 어떻게 생긴 녀석인지 구경도 못 했군."

노인이 큰 소리로 말했다.

노인은 물고기가 미끼를 물기 전부터 밀짚모자를 깊이 눌러 쓰고 있었다. 모자가 자꾸만 이마를 조여 와 이제는 통증이 느껴질 지경이었다. 게다가 갈증까지 났다. 그는 무릎을 꿇고는 낚싯줄에 힘을 주지 않으려고 조심하면서 뱃머리 쪽으로 움직여 한 손으로 물병을 집어 들었다. 그리고 마개를 열어 물을 한 모금 마신 뒤 뱃전에 등을 기댔다. 노인은 말아 놓은 돛대와 돛에 엉덩이를 걸치고 앉아 쉬면서 어떻게 해서든 버텨 내야 한다는 것 말고는 아무 생각도 하지 않았다.

문득 노인은 뒤를 돌아보았다. 이제 육지는 보이지 않았다. 보이지 않아도 상관없었다. 아바나 항의 불빛만 있으면 언제든 돌아갈 수 있었다. 해가 지려면 아직 두어 시간 정도 남아 있었고, 혹시 해가 지기 전에 놈이 위로 올라올지도 모르는 일이었다.

'해가 지기 전에 안 올라오면 달이 뜰 때는 올라오겠지. 또 달이 떠도 안 올라오면 내일 아침 해 뜰 때까지는 올라올 테고. 나야 아픈 데도 없고 몸도 아직 멀쩡하니 한번 해 보자고. 어쨌든 낚싯바늘을 입에 문 건 바로 네놈이니까. 그래도 그렇지, 어쩜 이리도 무섭게 끌어당긴단 말이냐? 철사로 만들어진 목줄까지 꿀꺽 삼키기라도 했나? 어떻게 생긴 놈인지 한번 봤으면 좋겠는데. 내가 어떤 놈을 상대하고 있는지 잠깐만이라도 봤으면 좋겠어.'

별자리를 보려고 고개를 치켜들었다. 밤이 깊어 가는데도 물고기는 방향을 전혀 바꾸지 않고 있었다. 해가 지자 기온이 급격히 내려갔다. 노인의 등과 팔다리에 흐르던 땀이 차갑게 식었다.

노인은 해가 있을 때 미끼통을 덮고 있던 자루를 벗겨 햇볕에 말려 두었다. 해가 저물자 자루를 등 뒤로 펼친 다음 양쪽 어깨를 짓누르는 낚싯줄 밑으로 조심스럽게 빼내어 목에 묶었다. 자루를 낚싯줄 밑에 쿠션처럼 대고 뱃머리에 기대니 그렇게 편할 수가 없었다. 실제로는 고통을 약간 덜어 주는 정도에 불과했지만 편안한 느낌이 그런대로 오래갔다.

'내가 저놈을 어떻게 할 수 없는 것처럼, 저놈도 나를 어쩌지 못하기는 마찬가지야.'

노인은 속으로 중얼거렸다.

놈이 이렇게 버티고 있는 한, 둘 다 어쩔 수가 없었다.

노인은 자리에서 일어나 뱃전 너머로 소변을 보고는 별을 올려다보며 현재 위치를 가늠해 보았다. 그의 어깨에서 물밑으로 똑바로 드리워진 낚싯줄은 마치 인광을 뿜듯 물속에서 빛을 내고 있었다.

배의 속도는 더 느려졌다. 아바나 항의 불빛이 흐릿하게 보이는 것으로 보아, 조류가 동쪽으로 흐르고 있는 게 틀림없었다. 만일 아바나 항의 불빛이 시야에서 완전히 사라진다면 노인이 탄 배가 계속 동쪽으로 움직인다는 뜻이었다. 하지만 물고기가 지금까지 가던 방향 그대로 계속 간다면 불빛은 몇 시간 더 보일 것이었다.

노인은 갑자기 야구 경기 결과가 궁금해졌다. 라디오가 있다면 얼마나 좋을까! 그러나 곧 한 가지만 생각하자고 마음을 추스렸다.

'지금 하는 일에만 집중하자. 쓸데없는 생각은 집어치우자고!'

그러다가 입에서 저절로 큰 소리가 새어 나왔다.

"아, 그 애가 있어야 하는 건데! 그럼 나를 거들어 주면서 이 모든 걸 지켜봤을 텐데!"

노인은 사람이 나이를 먹을수록 혼자 있어서는 안 된다고 생각했다. 하지만 어쩔 수 없는 일이었다. 그때 문득, 아까 잡은 다랑어가 상하기 전에 먹어 치워야겠다는 생각이 들었다. 힘을 유지하기 위해선 그래야 했다.

"아무리 먹기 싫어도 아침에는 다랑어를 꼭 먹어야 해. 잊지 마!"

노인은 스스로 다짐하듯이 중얼거렸다.

밤사이에 돌고래 두 마리가 배 가까이로 다가와서 풍덩거리며 물을 내뿜는 소리가 들렸다. 노인은 수컷이 물을 시끄럽게 내뿜는 소리와 암컷이 한숨 쉬듯 내뿜는 소리를 분간할 수 있었다.

"귀여운 놈들이야. 저렇게 함께 놀고 장난치고 사랑하는 모습이 보기 좋군. 날치와 마찬가지로 우리에겐 형제 같은 녀석들이지."

이런 생각이 들자 노인은 갑자기 낚시에 걸린 큰 물고기가 불쌍해졌다. 몇 살이나 먹었는지 몰라도 참 대단하고 놀라운 놈이라는 생각이 들었다. 그렇게 힘센 놈도 처음이거니와 그렇게 별나게 구는 놈도 생전 처음이었다. 뛰어오르지 않는 것을 보면 영리한 놈이 틀림없었다. 뛰어오르거나 마구 달아나면 노인에게도 낭패였다. 어쩌면 전에도 여러 번 낚시에 걸려 본 경험이 있어서 이렇게 싸우는 것이 최선이라는 걸 아는지도 몰랐다. 놈은 제 상대가 오직 한 사람이라는 사실도, 또 그 한 사람이 노인이라는 사실도 모를 것이었다.

'어쨌든 상당히 커다란 녀석이야. 맛만 좋다면 시장에서 큰돈을 받을 수 있겠지. 미끼를 무는 과정이나 줄을 끌어당기는 힘을 보면 수놈인 게 분명해. 봐, 겁이라고는 전혀 찾아볼 수 없잖아. 혹시 이놈에게 딴 속셈이 있는 걸까? 아니면 나처럼 그저 버티고만 있는 걸까?'

노인은 청새치 한 쌍 가운데 한 마리를 낚아 올리던 때를 떠올렸다. 청새치는 언제나 수놈이 암놈에게 먹이를 먼저 먹도록 양보했다. 그때도 암놈이 먼저 미끼를 물었다. 낚싯바늘을 삼킨 암놈은 갑작스런 고통에 당황한 듯 몸부림치면서 필사적으로 저항하다가 마침내 지쳐서 끌려왔다.

암놈이 그렇게 절망적으로 몸부림치는 동안 수놈은 단 한 순간도 자리를 뜨지 않고 주위를 맴돌며 낚싯줄 위를 넘나들었다. 수놈이 하도 가까이 있어서 혹시라도 낚싯줄이 꼬리에 걸려 끊어지지 않을까 걱정했다. 청새치의 꼬리는 생김새나 크기가 큰 낫과 비슷했다.

노인은 암놈을 갈고리로 찍었다. 그런 다음 창끝처럼 뾰족하고 모래종이처럼 까끌까끌한 주둥이를 잡고 몽둥이로 정수리를 내리쳤다. 암놈의 몸통 색깔이 거의 거울 뒷면 같은 잿빛으로 변할 때까지 후려쳤다. 그러고 나서 소년과 함께 암놈을 배 위로 끌어올렸다.

그때까지도 수놈은 배 주위를 떠나지 않았다. 그런데 노인이 줄을 감아 당기고 작살로 찍을 준비를 하자 수놈이 공중으로 높이 솟구쳤다. 수놈은 그렇게 암놈이 어디 있는지 확인하고는 연

보랏빛 가슴지느러미를 활짝 펼쳐 보이고서 물속 깊이 들어가 사라졌다.

'참 멋진 놈이었지. 끈질기게 따라붙더니만. 고기잡이를 하면서 그때가 가장 슬펐어.'

노인은 계속 생각했다.

'그 애도 슬퍼했지. 그래서 우리는 암놈에게 용서를 빌고 즉시 청새치의 배를 갈랐었는데.'

"그 애가 지금 여기 있다면 얼마나 좋을까."

노인은 자신도 모르게 큰 소리로 말했다. 그리고 뱃머리 쪽 둥근 뱃전에 몸을 기댔다. 그러자 어깨에 두르고 있는 낚싯줄을 통해 어디로 향하는지는 모르겠지만 꾸준히 움직이고 있는 큰 물고기의 힘이 느껴졌다.

노인은 생각했다.

'내 일격을 받은 이상 무슨 수를 써야 했겠지. 놈이 선택한 방법이 바로 이걸 테고. 올가미나 덫, 속임수가 소용없을 정도로 깊고 어둡고 먼 바다로 나갈 때까지 버티는 것 말이야. 그럼 나는 아무도 엄두를 내지 못할 만큼 먼 곳까지 쫓아가서 이놈을 잡는 거지. 세상에 어느 누구도 하지 못할 일이야. 이놈과 나는 정오부터 같은 운명이 되었군. 이놈이나 나나 도움의 손길은 기대할 수 없어.'

노인은 어쩌면 어부가 되지 않는 편이 더 좋았을지도 모르겠다고 생각했다. 하지만 자신에게는 이 일이 천직이라는 생각도 들었다. 그러고는 해가 뜨면 잊지 말고 다랑어를 꼭 먹어야겠다고 다시 한 번 다짐했다.

제 4 장

한배를 탄 운명

날이 밝기 조금 전, 뭔가가 뒤쪽에 있는 낚싯줄의 미끼를 물었다. 막대가 부서지는 소리가 나더니 줄이 뱃전 너머로 마구 풀려 나가기 시작했다. 노인은 어둠 속에서 물고기가 팽팽하게 끌어당기는 줄을 왼쪽 어깨로 단단히 받쳤다. 그러고는 뒤로 기댄 채 풀려 나가는 줄을 뱃전에 대고 칼로 끊어 버렸다. 곧이어 가까이 있던 다른 줄 하나도 끊어서 예비 줄 뭉치의 끝에 붙들어 맸다. 노인은 매듭을 단단히 매기 위해 발로 낚싯줄을 누르고 한 손으로 솜씨 좋게 줄을 이었다. 이제 줄 뭉치가 모두 여섯 벌 마련된 셈이었다. 미끼가 달려 있던 채로 끊어 버린 줄에서 각각 두 벌씩, 그리고 물고기가 물고 있는 낚시에 연결한 예비 줄 뭉치 두 벌까지 합쳐 여섯 벌이 전부 연결되었다.

노인은 날이 밝으면 뒤쪽으로 가서 사십 길짜리 줄도 마저 끊어 버리고 이쪽 줄과 연결해야겠다고 생각했다.

'품질 좋은 카탈루냐산 낚싯줄 이백 길과 낚싯바늘, 목줄까지 잃어버리게 되겠군. 이까짓 것쯤이야 다시 구할 수 있겠지. 하지만 다른 물고기를 잡으려다 지금 이놈을 놓친다면 언제 다시 이런 기회를 잡겠어? 조금 전 미끼를 건드린 녀석이 어떤 물고기인지도 모르겠네. 급하게 줄을 끊느라 손으로 느껴 보지도 못했어. 청새치나 황새치, 아니면 상어였겠지.'

"그 애만 있으면 얼마나 좋아!"

노인은 또다시 큰 소리로 외쳤다.

그거고는 스스로를 달래듯 속으로 중얼거렸다.

'그 애는 여기 없어. 지금은 너 자신뿐이야. 이제 남아 있는 마지막 낚싯줄도 끊고 거기 달린 예비 줄 뭉치 두 벌도 이쪽에 매어 놓으라고.'

노인은 생각한 대로 행동했다. 하지만 어둠 속에서 줄을 연결하기가 쉽지 않았다. 게다가 물고기가 크게 한 번 꿈틀거리는 바람에 앞으로 얼굴을 박고 쓰러져서 눈 밑이 찢어졌다. 피가 뺨을 타고 흘러내렸다. 하지만 곧 피가 굳어서 턱까지 내려오기도 전에 말라붙었다. 노인은 뱃머리로 기어가서 기대어 쉬었다. 그리고 낚싯줄 밑에 대고 있던 자루를 어깨의 다른 부위로 옮겨서 줄을 고정시킨 뒤, 조심스럽게 물고기의 힘을 느껴 보았다. 그런 다음 손을 물속에 넣고 배의 속도를 재어 보았다.

'저놈이 왜 꿈틀댔지?'

갑자기 궁금해졌다. 어쩌면 낚싯바늘에 달린 철사 목줄이 언덕같이 큰 녀석의 등을 스쳤는지도 모를 일이었다.

'아무러면 저놈 등이 내 등만큼 아프기야 하겠어? 어쨌든 제 아무리 크다 해도 이 배를 언제까지나 끌고 다닐 수는 없을 테지. 이제 방해가 될 만한 건 다 치워 버렸고 예비 줄도 충분해. 더 이상 바랄 게 없어.'

"물고기야!"

노인은 부드럽지만 큰 소리로 외쳤다.

"나는 죽을 때까지 네놈을 놓아주지 않으련다."

'저놈도 나를 놓아주지 않겠지.'

노인은 이렇게 생각하며 날이 밝기를 기다렸다. 해 뜨기 전이라 쌀쌀했다. 그는 추위로 뻣뻣해진 몸을 뱃전에 대고 비볐다.

'저놈이 버티는 한 나도 버틸 수 있어.'

해가 조금씩 모습을 드러내는 동안, 노인은 줄이 물속으로 풀려 나가는 모습을 지켜보았다. 배는 꾸준히 움직였고, 슬며시 고개를 내민 해는 이제 노인의 오른쪽 어깨 위에 걸려 있었다.

"이놈이 북쪽으로 가는군."

노인이 중얼거렸다.

‘조류는 우리를 동쪽으로 향하게 만들 거야. 저놈이 조류를 따라 움직이면 좋겠는데. 그렇게 되면 저놈이 지쳤다는 신호니까.’

해가 더 높이 떠오르자 노인은 물고기가 지치지 않았다는 것을 알았다. 그래도 한 가지 반가운 조짐이 있었다. 물속에 드리워진 낚싯줄의 각도를 보니, 조금이긴 하지만 물고기가 수면 가까이로 올라와 있었다. 그렇다고 해서 곧 위로 떠오른다는 의미는 아니었다. 하지만 가능성은 있었다.

“하느님, 제발 저놈이 위로 올라오게 해 주소서! 저놈을 다룰 낚싯줄은 충분하답니다.”

노인은 혹시 줄을 당기면 놈이 아파서 위로 올라올지도 모르겠다는 생각이 들었다.

‘날이 밝았으니 저놈을 위로 올라오게 해야 해. 등뼈 밑에 있는 부레에 공기가 들어가게 하는 거야. 그러면 깊은 곳으로 내려가 죽는 일은 없겠지.’

노인은 줄을 좀 더 세게 당겨 보려고 했다. 하지만 물고기가 낚싯바늘을 물었던 순간부터 지금까지 줄은 이미 팽팽할 대로 팽팽했기 때문에, 몸을 아무리 뒤로 젖혀도 더 이상 낚싯줄을 잡아당길 수가 없었다. 그렇다고 급하게 잡아당길 수도 없는 노릇이었다. 갑자기 잡아당기면 낚싯바늘이 파고든 부위가 넓어져서, 물고기가 수면으로 솟아오를 때 낚싯바늘이 빠질 수도 있었다.

해가 떠오르니 몸이 한결 나아졌다. 이번에는 북쪽을 향하고 있었기에 해를 정면으로 바라보지 않아도 되었다.

낚싯줄에는 누런 해초가 달라붙어 있었다. 노인은 낚싯줄에 걸린 해초의 무게가 물고기에게 짐이 된다는 것을 잘 알고 있었다. 그렇게 생각하니 마음이 놓였다. 지난 밤 어두운 바닷물 속에서 번뜩였던 것은 바로 이 누런 해초였다.

노인이 입을 열었다.

"물고기야! 나는 너를 무척이나 사랑하고 존경한단다. 그래도 오늘이 가기 전에 너를 죽이고 말겠다."

노인은 정말 그렇게 되기를 바랐다.

조그만 새 한 마리가 북쪽에서 배를 향해 날아왔다. 휘파람새였다. 수면 위를 낮게 날고 있는 휘파람새는 몹시 지쳐 보였다.

새는 뱃고물에 앉아 쉬었다. 그러다 노인의 머리 위를 맴돌더니, 더 편해 보였는지 팽팽한 줄 위로 날아가 앉았다.

노인이 새에게 물었다.

"너, 몇 살이냐? 오늘 처음 나들이를 나왔니?"

말을 걸자 새가 노인을 바라보았다. 새는 많이 지쳤는지 낚싯줄이 안전한지 확인도 하지 않은 채 가냘픈 발을 덜덜 떨며 낚싯줄을 꼭 움켜쥐었다.

노인이 새에게 말했다.

"줄은 튼튼하단다. 그러니 걱정하지 않아도 돼. 간밤에 바람 한 점 없었는데 그렇게 힘이 드니? 도대체 왜 이렇게 멀리까지 날아온 거냐?"

노인은 이러다 작은 새가 사냥을 하러 바다로 나온 매를 만날지도 모르겠다는 생각이 들었다. 하지만 이 생각을 입 밖에 내지는 않았다. 어차피 알아듣지도 못할뿐더러, 머지않아 매라는 동물이 어떤 놈인지는 스스로 잘 알게 될 것이라고 생각했다.

"맘껏 쉬렴, 작은 새야. 푹 쉬다가 어디든 가서 네 기회를 잡아 보렴. 사람이나 새나 물고기나 으레 그렇듯이 말이야."

새에게라도 몇 마디 말을 건네고 나자, 밤새 뻣뻣해져서 아프기까지 했던 등이 조금은 풀리는 느낌이었다.

"마음에 들면 내 집에서 살려무나. 불어오는 순풍에 돛을 달고 너를 육지로 데려다 줘야 하는데, 지금은 그렇게 할 수 없으니 미안하구나. 어쨌든 이제 친구가 하나 생긴 셈이로군."

그 순간 물고기가 줄을 휙 당기는 바람에 노인은 뱃머리 쪽으로 휘청댔다. 재빨리 몸에 중심을 잡고 줄을 풀어 주지 않았다면 물속으로 끌려 들어갈 뻔했다. 낚싯줄이 요동치면서 새가 공중으로 날아올랐지만 노인은 새가 날아가는 모습을 볼 겨를이 없었다. 줄을 잡은 오른손에서 피가 흘렀다.

"뭔가 저놈을 아프게 한 모양이로군."

노인은 이렇게 중얼거리며 물고기의 방향을 바꾸게 할 수는 없는지 낚싯줄을 당겨 보았다. 하지만 줄이 하도 팽팽해서 제대로 당겨 보지도 못한 채 주저앉고 말았다.

"물고기야, 이제 너도 내가 당기는 힘이 느껴지지? 실은 나도 그렇단다."

노인은 친구처럼 다정하게 느껴졌던 새가 보고 싶어 주위를 두리번거렸다. 하지만 멀리 날아갔는지 그림자도 보이지 않았다.

'얼마 쉬지도 못했는데. 육지까지 가려면 아직도 넘겨야 할 고비가 많겠지. 그런데 물고기가 한 번 꿈틀했기로서니 어쩌자고 바보처럼 휘청거린단 말이냐. 이제 내가 멍청해진 게로군. 아니면 새에게 정신이 팔려 그랬는지도 모르지. 이제부터는 신경을 집중해야지 안 되겠어. 그리고 힘이 다 빠지기 전에 꼭 다랑어를 먹어 둬야 해.'

노인은 속으로 생각하다가 저절로 큰 소리가 나왔다.

"아, 그 애가 있었다면 얼마나 좋을까. 소금도 있어야 하는데."

낚싯줄이 너무 배겨서 노인은 왼쪽 어깨로 줄을 고쳐 멨다. 그리고 무릎을 꿇은 다음 손을 조심스럽게 바닷물에 담그고 씻었다. 그러고는 잠시 손을 그대로 담근 채 피가 꼬리를 물고 물속으로 퍼지는 모습을 지켜보았다. 배의 움직임에 맞춰 손에 부딪치는 물결이 느껴졌다.

"속도가 떨어지는걸."

노인은 손을 좀 더 바닷물에 담그고 싶었지만, 물고기가 또 언제 꿈틀거릴지 몰라 마음을 놓을 수 없었다. 그래서 자리에서 일어나 발에 중심을 잡고 손을 높이 들어 햇볕에 말렸다. 살갗이 조금 벗겨졌을 뿐 큰 상처는 아니었다. 하지만 낚시할 때 자주 사용하는 부위였다. 게다가 물고기를 낚을 때까지는 손을 계속 써야 하기에, 일을 시작하기도 전에 다친 게 못내 언짢았다.

"이제 다랑어를 먹어야겠다."

손이 다 마르자 이렇게 중얼거렸다.

"아예 갈고리로 당겨서 편하게 먹어야지."

노인은 무릎을 꿇은 채 갈고리로 고물 쪽에 있는 다랑어를 더듬어 찾았다. 그리고 낚싯줄에 걸리지 않게 조심조심 끌어당겼다. 그는 왼쪽 어깨로 받치고 있던 줄을 다시 고쳐 메고, 왼손과 왼팔로만 낚시줄을 지탱하면서 오른손으로 다랑어를 갈고리에서 빼냈다. 그런 다음 갈고리는 제자리로 밀어 두었다.

그는 한쪽 무릎으로 다랑어를 누르고 칼로 머리에서 꼬리까지 세로로 가른 다음 검붉은 살의 각을 떴다. 등뼈에서 뱃살까지 쐐기 모양으로 살을 찬찬히 도려냈다. 노인은 도려낸 살을 여섯 조각으로 잘라 뱃머리 판자 위에 내려놓고는 칼을 바지에 쓱쓱 닦았다. 다랑어 뼈는 꼬리를 잡고 뱃전 너머로 획 던졌다.

"이걸 한 번에 다 먹지는 못하겠는걸."

노인은 이렇게 말하면서 살점 하나를 두 토막으로 잘랐다. 그러는 동안에도 줄을 팽팽하게 당기는 힘은 전혀 변화가 없었다. 왼손은 쥐가 나서 마비될 지경이었다. 무거운 줄을 힘껏 쥐고 있어서 그런지 왼손은 오그라든 채 펴질 줄을 몰랐다. 그는 불만에 가득 찬 눈길로 왼손을 내려다보았다.

"무슨 놈의 손이 이 따위란 말이냐? 마비되려면 되라지. 어디 매의 발톱처럼 계속 그렇게 있어 봐라. 그래 봤자 좋을 거 하나 없을 테니."

노인은 물속에 드리워진 낚싯줄의 각도를 확인하면서 이렇게 소리쳤다. 어떻게든 손에 기운을 불어넣으려면 지금 다랑어를 먹어 두어야 했다.

'하긴 왼손이 무슨 죄가 있나? 그렇게 긴 시간 저놈과 싸웠으니 당연한 일이지. 하지만 앞으로도 잘 버틸 수 있을 거야. 이제 다랑어를 먹자.'

노인은 살점을 한 토막 집어서 입에 넣고 천천히 씹었다. 먹을 만했다. 꼭꼭 씹어 먹자고 생각했다.

'살 속의 즙까지 남김없이 먹는 거야. 라임 조각이나 레몬하고 같이 먹으면 한결 나을 텐데. 아니면 소금이라도.'

"손아, 좀 어떠냐?"

그는 죽은 사람의 손처럼 뻣뻣해진 왼손을 바라보며 중얼거렸다.

"너를 생각해서라도 조금 더 먹어야겠구나."

노인은 두 토막으로 자른 살점 중 나머지 한 조각을 마저 먹었다. 그는 조심스럽게 씹고 난 뒤 껍질을 뱉어 냈다.

"손아, 이제 좀 어때? 아직도 소식이 없니?"

이어서 그는 두 번째 조각을 집어 들고 통째로 씹었다.

"영양분이 꽉 차 있는 고기야. 만새기가 아니라 다랑어가 걸린 게 천만다행이지. 만새기는 너무 달거든. 다랑어 살은 달지도 않은 데다 씹다 보면 힘이 나기까지 해."

'소금이 조금 있으면 좋겠는데. 남은 고기가 햇빛에 상하거나 말라 버릴지도 몰라. 배가 고프지 않더라도 남은 걸 다 먹어 치우는 게 좋겠어. 녀석도 지금은 얌전하군. 힘쓸 때를 대비해서 남은 살점을 다 먹어 두자.'

노인은 실제로 필요한 것 외에 다른 건 의미가 없다는 생각이 들었다.

"손아, 조금만 더 참으렴. 다 너를 위해 먹어 두는 거니까."

그러다가 노인은 문득 이런 생각이 들었다.

'저놈에게도 뭐를 좀 먹이고 싶군. 저놈은 이제 내 형제나 다름없으니. 그래도 결국엔 저놈을 죽일 수밖에 없어. 그러자면 힘이 필요하고.'

노인은 쐐기 모양으로 발라낸 다랑어 살을 아주 천천히 전부 다 먹었다. 그러고는 손을 바지에 문질러 닦으면서 허리를 쭉 폈다.

"자, 손아. 이제 줄을 놓아도 돼. 앞으로 오른팔만 사용할 테니, 바보 같은 짓은 그만두고 활짝 펴지렴."

노인은 왼손으로 잡고 있던 줄을 왼발로 밟으며 몸을 뒤로 젖

혔다.

"하느님, 제발 마비가 풀리게 해 주십시오. 물고기 놈이 어떤 짓을 할지 모른단 말입니다."

물고기는 노인이 어떻게 하든 상관하지 않고 제멋대로 행동하는 것 같았다.

'저놈은 도대체 뭘 어쩌려는 거지? 나는 또 뭘 어쩌고? 저놈이 워낙 크다 보니 그때그때 상황에 맞춰 대처하는 것 말고는 대책이랄 것도 없지. 저놈이 올라오면 그때는 죽일 수 있을 거야. 하지만 계속 밑에서 저렇게 버티고 있으니 나도 똑같이 버틸 수밖에 없군.'

노인은 쥐가 난 손을 바지에 문지르고 손가락을 비벼 보았다. 그래도 왼손은 펴지지 않았다.

'햇볕을 쬐다 보면 펴질지도 몰라. 싱싱한 다랑어가 소화되면 펴질 거야. 무슨 수를 써서라도 쥐가 난 걸 풀어야 해. 그렇다고 억지로 펴려고 하면 안 돼. 저절로 펴져서 본래 상태로 돌아가게 해야 해. 그 많은 줄을 밤새 풀고 잇고 했으니 쥐가 나는 것도 무리가 아니지.'

노인은 바다를 돌아보고 자신이 외톨이라는 사실을 새삼스레 깨달았다. 하지만 햇빛에 반사되어 반짝이는 검푸른 바다와 눈앞에 깊게 뻗은 낚싯줄이 있었다. 그리고 독특한 물결이 이는 잔잔한 수면과 무역풍을 받아 뭉게뭉게 피어오르는 구름도 보였다. 앞을 바라보니 청둥오리 떼가 하늘 저 멀리에서 무리를 이루어 날고 있었다. 오리 떼는 때로는 짙은 무늬를, 때로는 흐릿해 보이는 무늬를 그리며 시시각각 다른 모양으로 변화했다. 노인은 바다에서만큼은 그 누구도 외톨이가 아니라고 생각했다.

작은 배를 타고 육지가 보이지 않는 먼 바다로 나가기를 겁내는 사람들이 있었다. 노인은 그런 사람들을 떠올리며 날씨 변화가 심한 계절에는 겁을 내는 게 당연하다고 생각했다.

'지금은 태풍이 부는 계절이지만, 태풍만 없다면 일 년 중 고기잡이하기에 더할 나위 없이 좋은 계절이지.'

바다에 나가 있을 때면 태풍이 오기 며칠 전부터 하늘에서 이상한 조짐이 보였다. 육지에서는 이런 조짐을 찾아보기 어려웠다. 물론 육지에서도 구름의 모양을 보고 변화를 느낄 수는 있지만, 바다에서만큼 확실하지는 않았다. 노인은 어쨌든 지금은 태풍이 올 기미가 전혀 없다고 생각했다.

하늘을 올려다보자 하얀 뭉게구름이 마치 탐스런 아이스크림처럼 둥실둥실 떠 있었다. 그 위로 구월의 드높은 하늘에 얇은 깃털을 뿌린 듯 새털구름이 퍼져 있었다.

"산들바람이 부는군."

노인이 말했다.

"너보다는 나에게 유리한 날씨로구나, 물고기야."

왼손은 여전히 마비된 채였다. 그는 서두르지 않고 마비를 풀어 보려고 했다.

노인은 쥐가 나는 건 딱 질색이었다. 쥐가 나는 것은 신체가 반란을 일으키는 것이나 마찬가지였다. 식중독에 걸려 다른 사람들 앞에서 설사를 하거나 토한다면 얼마나 부끄러울까? 하지만 혼자 있을 때 쥐가 나면—그는 쥐가 나는 증상을 '칼람브레'라고 불렀는데—무엇보다 스스로에게 몹시 수치스러웠다.

'그 애가 있다면 마사지를 해서 내 팔을 부드럽게 풀어 줄 텐데……. 어쨌거나 조금 있으면 풀리겠지.'

이런 생각을 하며 물속에 드리워진 줄의 각도를 다시 살피고 있을 때였다. 오른손으로 잡고 있는 줄에서 힘의 변화가 느껴졌다. 노인은 쥐가 난 왼손으로 허벅지를 철썩 때리고는 몸을 뒤로 섲히면서 줄을 당겼다. 줄이 천천히 올라왔다.

"드디어 올라오는군."

노인이 말했다.

"손아, 제발 좀 풀려라. 어서 마비를 풀어!"

줄은 느리지만 계속 올라왔다. 잠시 뒤, 배 앞쪽의 수면이 부풀어 오르면서 녀석이 보였다. 물고기가 수면 위로 올라오자 등 양쪽으로 물이 쫙 갈라졌다.

햇빛에 번쩍이는 물고기는 머리와 등이 짙은 자주색이었고, 몸통 양옆으로 넓게 퍼진 줄무늬는 연보랏빛이었다. 녀석은 야구 방망이 정도 길이에 창끝처럼 뾰족한 주둥이를 물 밖으로 먼

저 내보이더니, 곧 몸 전체를 드러냈다. 그런 다음 잠수부처럼 슬며시 물속으로 다시 들어가 버렸다. 커다란 낫처럼 생긴 꼬리가 사라지는 동시에 줄이 빠른 속도로 풀려 나갔다.

"배보다 서너 뼘은 더 길겠는데?"

노인이 말했다.

줄은 빠른 속도로 꾸준히 풀려 나갔다. 물고기는 조금도 겁먹은 모습이 아니었다. 노인은 두 손으로 줄을 잡고 끊어지지 않을 만큼 당겨 보았다. 적당히 힘을 주어 물고기가 도망가지 못하게 해야 했다. 그러지 않으면 줄이 끝날 때까지 나아가다 결국에는 줄을 끊고 도망가 버릴 것이 틀림없었다.

노인은 생각했다.

'정말 대단한 놈이로군. 놈에게 제 힘이 얼마나 센지 절대 깨닫게 해서는 안 되겠어. 그리고 마음만 먹으면 도망칠 수 있다는 것도 알아채지 못하게 만들어야 돼. 내가 저 녀석이라면 앞뒤 가리지 않고 모든 방법을 다 써 볼 텐데. 하지만 다행스럽게도 물고기들은 제 놈들을 잡는 우리 인간만큼 영리하지 못하거든. 비록 더 우아하고 더 큰 힘이 있을지는 몰라도 말이야.'

노인은 큰 물고기를 많이 보아 왔다. 오백 킬로그램이 넘는 물고기도 봤고, 그런 큰 놈을 두 번이나 잡아 보기도 했다. 하지만 그때는 혼자가 아니었다. 그런데 지금은 혼자이고, 더구나 먼 바다에 나와 있었다. 게다가 이놈은 노인이 그간 보고 들은 것 중에 가장 컸다. 문제는 또 있었다. 노인의 왼손은 아직도 오그린 독수리 발톱처럼 뻣뻣하게 마비된 상태였다.

'결국에는 풀리겠지. 분명히 풀려서 오른손을 거들어 줄 거야. 물고기와 내 두 손은 서로 형제나 다름없잖아. 그리고 반드시 풀려야만 해. 쥐가 난 손을 어디에 써먹는단 말이냐.'

노인이 이런 생각을 하는 동안 물고기는 다시 속도를 줄이고 천천히 움직였다.

'저놈이 왜 올라왔는지 모르겠네.'

노인은 다시 생각에 잠겼다.

'제 몸집이 얼마나 큰지 나에게 보여 주고 싶었던 건지도 모르지. 어쨌든 이제는 알게 되었어. 나도 내가 어떤 사람인지 놈에게 한번 보여 줬으면 좋으련만. 하지만 내 손에 쥐가 났다는 걸 저놈이 눈치채게 해서는 안 돼. 내가 보기보다 더 세다고 생각하도록 내버려 두자. 그리고 나에게는 충분히 그럴 능력이 있어. 내 의지와 지혜에 맞설 수 있는 모든 것을 갖춘 저 물고기가 부럽구나.'

노인은 편안한 자세로 뱃머리에 기대어 고통을 참아 보려고 했다. 물고기는 꾸준히 헤엄치고 있었고, 덩달아 배도 검푸른 바다를 헤치며 계속 움직였다. 바람이 불자 동쪽에서 작은 파도가 밀려왔다. 정오 무렵, 왼손의 마비가 드디어 풀렸다.

"물고기야, 너에게는 안 좋은 소식이구나."

이렇게 말하면서 노인은 어깨에 댄 자루를 짓누르고 있는 낚싯줄을 고쳐 멨다.

자세는 편했지만 고통은 여전했다. 그래도 노인은 고통을 고통으로 인정하지 않았다.

"난 독실한 신자는 아니지만, 이 물고기만 잡을 수 있다면 주기도문과 성모송을 열 번이라도 외겠어. 그리고 이놈을 잡는다면 코브레 성당으로 순례를 가겠다고 맹세하겠어. 암, 맹세하고 말고!"

노인은 기계적으로 기도문을 외기 시작했다. 어떨 때는 너무 피곤해서 기도문이 잘 생각나지 않았지만, 빠르게 외다 보니 기도문이 입에서 술술 흘러나왔다.

'주기도문보다는 성모송이 더 쉽지.'

혼자 생각하던 노인은 성모송을 입 밖에 내어 외기 시작했다.

"은총이 가득하신 마리아 님 기뻐하소서. 주님께서 함께 계시니 여인 중에 복되시며 태중의 아들 예수님 또한 복되시나이다. 천주의 성모 마리아 님, 이제와 저희 죽을 때에 저희 죄인을 위하여 빌어 주소서, 아멘."

그러고는 이렇게 덧붙였다.

"복되신 마리아 님, 이 물고기에게 죽음을 내려 주소서. 훌륭한 놈이기는 합니다만."

기도하고 나자 기분이 한결 나아졌다. 그러나 고통은 여전했다. 오히려 고통이 조금 더 심해진 것 같아서 노인은 뱃머리에 기대어 기계적으로 왼손 손가락을 움직여 보았다.

가벼운 바람이 불어오기는 했지만 햇볕은 뜨거웠다.

"작은 낚싯줄에 미끼를 달아서 고물 쪽에 던져 놓는 게 좋겠군. 만일 저놈이 하룻밤 더 버티기로 작정한다면 나도 먹을 게 필요해. 마실 물도 이제는 얼마 안 남았군. 여기서는 만새기밖에 못 잡을 텐데. 하지만 만새기라도 싱싱한 놈은 먹을 만할 거야. 오늘 밤 날치라도 배에 뛰어들면 좋겠지만, 날치를 끌어들일 불빛이 없으니 그건 안 될 테고. 날치 맛은 정말 일품이지. 칼을 댈 필요도 없고. 이제부터는 어떻게 해서라도 힘을 아껴야만 해. 저놈이 저렇게 클 줄은 정말 몰랐군. 그래도 저놈을 죽이고 말겠이. 딩당하고 늠름한 저놈을 말이야."

이어서 노인은 마음속으로 생각했다.

'물론 옳지 않은 일이기는 하지. 그래도 저놈에게 사람이 무엇을 할 수 있는지, 사람이 무엇을 견딜 수 있는지 보여 줘야 해!'

노인이 말했다.

"그 애한테 내가 이상한 늙은이라고 했지? 이제 그것을 증명해 보일 차례야!"

'그런 건 예전에 천 번도 넘게 증명했지만 이제는 아무 의미도 없어. 지금 다시 보여 줘야 할 때야. 새롭게 보여 줘야 할 일이니 만큼, 옛날에 한 일은 결코 생각하지 말자. 그나저나 저놈이 잠

을 자면 나도 잘 수 있고, 그러면 사자 꿈을 꿀 수 있을 텐데.'

생각을 하던 노인은 갑자기 궁금해졌다.

'왜 머릿속에 사자만 자꾸 떠오르는 걸까? 어이, 늙은이! 그만 생각하라고!'

노인은 자기 자신에게 충고했다.

'이제 아무 생각도 하지 말고 뱃머리에 기대어 좀 쉬라고. 저 놈은 계속 움직이고 있으니 너는 가능한 한 움직이지 말고 쉬란 말이다.'

어느덧 오후로 접어들었지만 배는 변함없이 천천히, 그리고 꾸준하게 움직였다. 하지만 동쪽에서 불어오는 바람 때문에 물고기가 배를 끄는 게 조금 더 힘들어졌다. 노인이 탄 배는 잔잔한 바다를 미끄러지듯 나아갔다. 낚싯줄이 등줄기를 파고드는 아픔도 한층 약해져서 견딜 만했다.

재 5 장
생사를 건 사투

오후 들어 한 차례 낚싯줄이 다시 올라왔다. 하지만 물고기는 약간만 위로 올라왔을 뿐 움직임에는 큰 변화가 없었다. 햇볕은 이제 노인의 왼쪽 어깨와 왼팔, 그리고 등을 내리쬐고 있었다. 노인은 물고기가 북동쪽으로 방향을 바꾸었다는 것을 알아챘다.

노인은 물고기의 생김새를 한 번 봤기 때문에, 이제는 보랏빛 가슴지느러미를 날개처럼 활짝 펼치고 커다란 꼬리를 빳빳이 세운 채 어두운 바다를 가르며 나아가는 물고기의 모습을 머릿속에 그릴 수 있었다. 노인은 어두운 바닷속에서 물고기란 놈이 얼마나 잘 볼 수 있을지 궁금해졌다.

'그놈보다 눈이 작은 말도 어둠 속에서 잘 보는데, 놈의 눈은 엄청 크지 않던가. 나도 한때는 어둠 속에서도 눈이 아주 밝았지. 아예 캄캄하지만 않으면 잘 볼 수 있었어. 거의 고양이만큼이나 밤눈이 밝았단 말이지.'

계속 햇볕을 받은 데다 꾸준히 움직여서 그런지 왼손은 이제 완전히 풀렸다. 그래서 노인은 왼손에 힘을 조금 더 주고 어깨 근육을 움직여서 낚싯줄이 누르는 고통을 조금이라도 줄여 보려고 했다.

"물고기야, 네가 아직도 지치지 않았다면!"

노인이 큰 소리로 말했다.

"넌 정말 이상한 놈이다."

노인은 무척이나 피곤했고, 이제 곧 밤이 된다는 사실을 깨달았다. 그는 다른 생각을 해 보려고 노력했다. 노인은 메이저 리그에 대해 생각했다. 그에게는 '그란 리가스'라는 스페인 어가 더 익숙했다. 지금 뉴욕 양키스가 디트로이트 타이거스와 경기를 하고 있었다.

'오늘이 이틀째 경기인데도 경기 결과를 알 수 없군. 어쨌든 확신을 가져야 해. 발뒤꿈치 뼈에 부상을 입고도 경기를 완벽하게 소화하는 위대한 디마지오처럼 나도 내 가치를 보여야 한단 말이야. 발뒤꿈치가 아픈 걸 뭐라고 하더라?'

그는 자신에게 물었다.

'그래, '운 에스푸엘라 데 우에소' 였어. 우리야 그런 부상을 당할 일은 없지. 그런데 발뒤꿈치 부상을 입으면 싸움닭이 뒤꿈치를 쪼아 대는 것만큼 아플까? 그 정도라면 나는 못 견딜 거야. 나는 한쪽 눈이 빠지거나 양쪽 눈을 다 잃고도 싸움을 계속하는 싸움닭처럼 싸우지도 못하지. 그러고 보면 커다란 새나 짐승에 비해 사람은 참 초라하구나. 차라리 어두운 바닷속에서 버티는 저 물고기가 되는 편이 낫겠다.'

"상어가 나타나지 말아야 하는데."

노인은 큰 소리로 말했다.

"만약 상어가 나타나면 저놈이나 나나 끝장이야."

'위대한 디마지오는 지금 내가 버티고 있는 만큼 이렇게 오랫동안 물고기를 상대할 수 있을까?'

노인은 궁금해졌다.

'충분히 버틸 거야. 디마지오야 젊고 힘이 세니까 나보다 훨씬 잘 버틸지도 모르지. 게다가 그의 아버지는 어부였으니까. 그런데 발꿈치 부상이 그렇게 아플까?'

"나도 모르겠다."

노인이 큰 소리로 말했다.

"나야 발꿈치 부상을 당해 본 적이 없으니."

해가 지자 노인은 스스로에게 좀 더 자신감을 주려고 작은 항구 마을 카사블랑카의 술집에서 팔씨름하던 때를 떠올렸다. 상대는 시엔푸에고스 출신의 덩치 큰 흑인으로 부둣가에서 가장 힘이 셌다. 그들은 분필로 선을 그은 탁자 위에 팔꿈치를 세운 채 꼬박 하루 낮과 밤 동안 상대방의 손을 꽉 잡고 시합을 했다. 두 사람 모두 상대의 팔을 탁자 위에 쓰러뜨리려고 있는 힘을 다했다.

내기에 걸린 판돈은 엄청났고, 사람들은 석유등이 켜진 술집을 드나들며 경기를 지켜보았다. 그는 흑인의 손과 팔, 그리고 얼굴을 들여다보았다. 팔씨름을 시작하고 여덟 시간이 지나자 심판이 잠을 자야 했기 때문에 네 시간마다 심판을 바꾸었다.

그와 흑인 두 사람 모두 손톱 밑에서 피를 흘렸다. 그들은 서로 상대의 손과 팔꿈치를 쳐다보았다. 내기꾼들은 계속 술집을 드나들면서 벽에 붙은 높은 의자에 앉아 경기를 지켜보았다. 등불에 비친 두 사람의 그림자는 하늘색 페인트가 칠해진 나무 벽에 덩그러니 드리워져 있었다. 흑인의 거대한 그림자는 바람에 등불이 깜빡일 때마다 덩달아 흔들거렸다.

승부는 밤새도록 엎치락뒤치락했다. 구경꾼들은 흑인에게 럼주를 먹이고 담뱃불도 붙여 주었다. 그러다 럼주를 마신 흑인이 갑자기 무서운 힘을 발휘하더니, 산티아고 선수라 불리던 노인의 손을 순식간에 거의 칠, 팔 센티미터나 밑으로 꺾어 눌렀다. 하지만 노인은 죽을힘을 다해 손을 원위치로 돌려놓았다. 순간, 그는 사람 좋고 힘 좋은 그 흑인을 꺾을 수 있다는 자신감이 생겼다.

어느덧 동이 틀 무렵이 되자 내기꾼들은 무승부로 끝내기를 요구했다. 심판도 고개를 절레절레 흔들었다. 그때였다. 노인은 있는 힘을 다해 흑인의 손을 조금씩 밑으로 꺾어 눌렀고 결국에는 탁자 위에 뉘어 버렸다. 시합은 일요일 아침에 시작해서 월요일 아침에 끝났다. 구경꾼들이 무승부를 요구한 까닭은 부두에 나가 설탕 부대를 내리거나 아바나 석탄 회사에 출근하기 위해서였다. 그것만 아니라면 이들은 모두 경기를 끝까지 보고 싶어 했을 것이다. 어쨌든 노인은 그들이 일하러 가기 전에 시합을 끝냈다.

이 시합 이후로 사람들은 그를 챔피언이라 불렀다. 이듬해 봄에 재경기가 있었지만, 이번에는 판돈이 별로 많지 않았다. 게다가 노인도 상대를 수월히게 이길 수 있었다. 시엔푸에고스에서 온 흑인은 첫 시합 때 자신감이 완전히 무너졌던 것이다.

노인은 그 뒤로 몇 차례 더 시합을 하고는 그만두었다. 그는 마음만 먹으면 누구에게라도 이길 수 있다는 자신감이 있었지만, 고기잡이를 위해서 오른팔을 보호해야겠다고 생각했다. 대신 그는 왼손으로 몇 차례 연습 시합을 해 보았다. 하지만 왼손은 언제나 그가 뜻하는 대로 말을 듣지 않았기 때문에 믿음이 가지 않았다.

하지만 햇볕을 충분히 쬐었으니 왼손도 곧 좋아질 터였다.

'밤에 날씨가 추워지지만 않는다면 다시 쥐가 나는 일은 없을

거야. 오늘 밤에는 무슨 일이 일어날지 궁금하군.'

마이애미로 향하는 비행기 한 대가 머리 위로 날아갔다. 그는 비행기 그림자에 놀란 날치 떼가 날뛰는 모습을 지켜보았다.

"날치가 저렇게 많은 걸 보니 만새기가 있겠군."

노인은 이렇게 중얼거리면서 물고기가 물고 있는 낚싯줄을 조금이라도 당길 수 있는지 시험해 보려고 몸을 뒤로 젖히며 줄을 당겨 보았다. 하지만 줄은 꼼짝도 하지 않았고, 끊어질 듯 팽팽해진 줄에서 물방울이 뚝뚝 떨어졌다. 배는 느린 속도로 나아갔다. 그는 비행기가 보이지 않을 때까지 하늘을 올려다보며 생각했다.

'비행기를 타고 내려다보면 분명히 모든 게 이상하게 보일 거야. 높은 데서는 바다가 어떻게 보일까? 그리 높게 날지만 않는다면 물고기가 아주 잘 보일 텐데. 이백 길쯤 되는 높이에서 아주 느리게 날며 바다를 내려다보고 싶군. 거북잡이 배를 탈 때 돛대 꼭대기에서 내려다본 적이 있었는데, 그 높이에서도 물고기가 잘 보였거든. 헤엄치고 있는 만새기 떼 전체를 다 볼 수 있지. 위에서 보면 만새기는 더 진한 녹색으로 보이고 몸통의 무늬나 보랏빛 반점도 더 잘 보이는 것 같았어. 그런데 어두운 색을 띤 조류에서 빠르게 헤엄치는 물고기들은 왜 등이나 몸통의 무늬가 모두 보랏빛을 띠는 걸까? 만새기야 황금빛이니까 당연히 물속에서는 녹색으로 보이겠지. 하지만 정말 배가 고파서 먹이는 잡으러 수면 위로 올라올 때에는 청새치처럼 몸통 양옆으로 보랏빛 무늬가 보이던데. 그럴 때는 화가 나서 그런 걸까, 아니면 단지 너무 속도가 빨라서 그렇게 보이는 걸까?'

날이 어두워지기 직전, 노인이 탄 배는 잔잔한 바다를 떠다니는 섬을 떠올릴 정도로 거대한 해초 더미 옆을 지나갔다. 마치 바다가 누런 담요를 두르고 무언가와 사랑을 나누는 듯한 모습이었다. 그때 작은 낚싯줄에 만새기가 걸렸다. 만새기가 몸을 마구 뒤틀며 물 위로 솟구치는 순간, 석양에 비친 만새기의 몸이 황금빛으로 번쩍였다. 만새기는 겁에 잔뜩 질렸는지 계속 곡예 부리듯 몸을 뒤틀며 퍼덕거렸다.

노인은 오른손으로 굵은 낚싯줄을 단단히 고정시키고는 고물 쪽으로 엉금엉금 기어갔다. 그러고는 왼손으로 작은 낚싯줄을 잡아당겼다. 잡아당긴 낚싯줄을 왼쪽 맨발로 밟으며 만새기를 조금씩 끌어올렸다. 만새기를 고물 쪽으로 끌어당기자, 그놈은 절망적으로 몸을 흔들며 마구 몸부림쳤다. 노인은 뱃전으로 몸을 숙이고 보라색 반점에 황금빛으로 번쩍이는 만새기를 고물로 끌어올렸다. 만새기는 턱에 꽂힌 낚싯바늘을 빼내려고 거의 발작하듯이 입을 벌름거렸고 그 긴 몸뚱이와 꼬리, 머리를 바닥에 쿵쿵 찧어 댔다. 그러다가 노인이 황금빛으로 번쩍이는 정수리를 몽둥이로 내리치자 덜덜 떨더니 이내 조용해졌다.

노인은 만새기 주둥이에서 낚싯바늘을 빼낸 다음, 남아 있는 정어리를 미끼로 매달아 다시 바다에 드리웠다. 그리고 천천히 뱃머리 쪽으로 돌아갔다. 노인은 왼손을 바닷물에 씻고 바지에 쓱쓱 문질렀다. 이어 오른손으로 힘들게 잡고 있던 낚싯줄을 왼손으로 고쳐 잡았다. 그러고 나서 오른손을 바닷물에 씻으며 바다 너머로 가라앉고 있는 해에 눈길을 한 번 주고는, 이내 낚싯줄의 각도를 살폈다.

"이놈, 전혀 변화가 없네."

말은 이렇게 했지만, 손에 부딪히는 물결의 세기로 보아 속도가 눈에 띄게 줄어들었다는 것을 알 수 있었다.

"노 두 개를 배 뒤쪽에 엇갈리게 매달아야겠다. 그러면 밤중에 속도가 더 떨어질 거야. 저놈이 오늘 밤까지는 끄떡없을 테지. 그건 나도 마찬가지야."

노인은 만새기를 조금 뒤에 손질하는 편이 좋겠다고 생각했다. 살 속에 피를 충분히 남겨 두기 위해서였다.

'그거야 조금 있다 하면 되고, 노를 매다는 일도 나중에 해도 돼. 이제 저놈도 좀 쉬게 해야지. 해 넘어갈 때 지나치게 자극해서 좋을 건 없으니까. 어떤 물고기건 해 질 무렵에 가장 다루기 힘든 법이거든.'

노인은 오른손을 바람에 말린 뒤 그 손으로 낚싯줄을 잡고 최대한 편한 자세를 취했다. 그런 다음 뱃머리에 몸을 기대었다. 이제는 물고기가 끄는 힘을 어느 정도 배로 분산시킬 수 있었다. 놈을 어떻게 다뤄야 할지 차츰 요령이 생기는 느낌이었다.

'어쨌든 점점 능숙하게 대응하고 있어. 게다가 저놈은 낚싯바늘을 문 뒤로 아무것도 먹지 못했다는 걸 잊지 말자. 저렇게 큰 놈이라면 분명 많이 먹겠지. 나는 다랑어 한 마리를 통째로 다 먹었는데 말이야. 내일은 또 만새기를 먹을 테고.'

노인은 만새기를 다른 어부들과 마찬가지로 '도라도(황금색을 뜻하는 스페인 어로 만새기를 가리킨다. ─ 옮긴이)'라고 불렀다.

'어쩌면 손질하면서 조금 먹어 둬야 할지도 모르겠군. 다랑어보다는 먹기가 힘들겠지. 하지만 쉬운 일이 어디 있나?'

"물고기야, 이제는 기분이 좀 어떠냐?"

노인은 큰 소리로 물었다.

"나는 힘이 넘친단다. 왼손도 다 나았고, 내일 먹을 만새기도 있어. 그러니 너는 배나 열심히 끌려무나."

그는 등줄기를 파고드는 낚싯줄 때문에 실제로는 몸 상태가 좋지 않았다. 이제 등은 아픈 단계를 지나 무감각한 상황에 이르렀다. 하지만 노인은 이보다 더한 일도 숱하게 견뎌 왔다고 생각했다.

'오른손 상처도 별것 아니고 왼손에 났던 쥐도 다 풀렸어. 또 다리도 끄떡없고. 게다가 뭐라도 먹을 수 있다는 점에서 내가 저놈보다 유리하지 않은가.'

날이 저물었다. 구월에는 해가 지자마자 순식간에 주위가 어두워지게 마련이었다. 노인은 낡은 뱃전에 누워 최대한 휴식을 취했다. 별이 하나둘 뜨기 시작했다. 그는 눈에 익은 별을 보면서, 머지않아 모든 별이 뜨고 여기저기서 친구처럼 낯익은 별들이 나타나리라는 것을 알았다. 하지만 그 별의 이름이 오리온자리의 리겔이라는 사실은 몰랐다.

"저 물고기도 내 친구야!"

그가 큰 소리로 말했다.

"저런 물고기는 지금껏 듣도 보도 못했어. 그래도 죽일 수밖에 없지. 별은 죽이지 않아도 돼서 얼마나 다행인지 몰라."

노인은 생각했다.

'매일같이 달을 죽여야 한다고 상상해 봐. 그럼 달이 도망치겠지. 또 매일같이 해를 죽여야 한다고 상상해 보라고. 그렇게 태어나지 않아서 정말 행운이야.'

그때 노인은 하루 종일 먹은 것 하나 없는 커다란 물고기가 불쌍해졌다. 그렇다고 불쌍하다는 생각 때문에 죽이겠다는 결심이 흔들린 것은 아니었다.

'저놈을 잡으면 몇 사람이나 먹을 수 있을까? 하지만 사람들은 저놈을 먹을 자격이 있을까? 아니, 당연히 자격이 없어. 저 커다란 물고기의 기품 있는 행동이나 위엄을 보건대, 먹을 수 있는 자격을 지닌 사람은 아무도 없고말고.'

하지만 노인은 확실하게 판단을 내릴 수가 없었다. 어쨌든 달이나 해, 별을 죽이지 않아도 된다는 것만으로도 다행이라는 생각이 들었다. 바다에서 살아가며 우리의 진정한 형제를 죽이는 것만으로도 충분하니까.

'이제는 저놈을 지치게 만드는 방법에 대해서만 생각하자.'

노인은 속으로 다짐했다.

여기에는 장단점이 있었다. 배 뒤쪽에 엇갈리게 노를 매어 놓으면 물고기가 있는 힘을 다해 배를 끌 때마다 반대쪽으로 버티는 힘이 커진다. 그러면 그만큼 배가 더 무거워질 테고, 당기는 힘이 커지는 만큼 한없이 줄을 풀어 주다가 놈을 놓치게 될지도 몰랐다. 반면에 배가 가벼우면 서로의 고통은 한없이 길어지겠지만, 물고기가 날뛰지 않는 한 낚싯줄은 안전하다는 장점이 있었다.

'만새기가 상하기 전에 배를 가르고 조금이라도 먹어 둬야 힘이 생기겠지. 한 시간쯤 쉬어야겠다. 그러고 나서 만새기를 손질하기 전에, 저놈이 여전히 똑같은 속도로 배를 끌고 있는지 확인하고 나서 결정하도록 하자. 그러다 보면 저놈이 어떻게 나오는지, 무슨 변화가 있는지 알 수 있겠지. 노를 엇갈리게 매어 놓는 건 기발한 생각이야. 하지만 지금은 무엇보다 안전을 먼저 생각할 때야. 저놈은 여전히 대단한 물고기이긴 하지만, 꽉 다문 입 한쪽에 낚싯바늘이 꽂혀 있지. 물론 낚싯바늘이 주는 고통 따위는 아무것도 아닐 거야. 그보다는 저놈이 몹시 배가 고플

거라는 사실, 그리고 저놈으로서는 전혀 이해할 수 없는 상황에 맞서고 있다는 사실이 중요해. 그러니 늙은이, 다음 일이 생길 때까지 저놈을 내버려 두고 그만 쉬란 말이야.'

노인은 두어 시간 넘게 충분히 쉬었다고 생각했다. 날이 저문 지 한참 지났는데도 아직 달이 뜨지 않아 정확한 시간을 가늠하기 어려웠다. 사실 자세만 편했을 뿐 제대로 쉰 것도 아니었다. 그는 여전히 물고기가 끌어당기는 힘을 어깨로 버티고 있었다. 물론 왼손으로 뱃전을 잡고, 물고기의 힘을 될 수 있으면 배 쪽으로 더 옮겨 실으려 애쓰고 있었다.

낚싯줄을 배에 매어 놓으면 훨씬 수월해질 터였다. 하지만 그러다 물고기가 조금만 더 아래쪽으로 내려가면 줄이 아예 끊어져 버릴 수도 있었다. 그러니 몸으로 줄을 감당해야 했다. 언제라도 두 손으로 낚싯줄을 풀어 줄 준비가 되어 있어야 하는 것이었다.

"이봐, 늙은이! 아직 한숨도 못 잤잖아!"

노인은 자신에게 큰 소리로 말했다.

"꼬박 한나절과 하룻밤이 지나고 다시 하루가 기울고 있는데도 잠을 못 잔 거라고. 그러니 지금처럼 물고기가 잠잠한 채 일정한 속도를 내고 있을 때 조금이라도 눈을 붙일 생각을 하란 말이야. 계속 잠을 못 자면 머리가 어지러워질 거야."

노인은 속으로 스스로에게 대답했다.

‘아직 머리는 말짱하다고. 아주 말짱해. 저 형제 같은 별들이 빛나는 만큼 머릿속이 또렷하다니까. 그래도 잠을 좀 자야겠지. 별도 자고, 해와 달도 자고, 간혹 파도가 일지 않는 잔잔한 때에는 바다도 잠이 드니까.’

노인은 잠을 자 두는 걸 잊지 말아야겠다고 생각했다.

‘낚싯줄을 지탱할 방법을 찾아 내야 조금이라도 잘 수 있을텐데. 우선 고물 쪽으로 가서 만새기를 손질하자. 하지만 노를 엇갈리게 매어 놓고 눈을 붙이는 건 아주 위험할 수 있어.’

노인은 잠을 자지 않고도 버틸 수 있을 거라고 생각했다. 잠을 자기에는 불안한 일들이 너무 많았다.

노인은 물고기에게 자극을 주지 않도록 조심하면서 엉금엉금 기어 고물 쪽으로 갔다. 그는 물고기야말로 졸고 있을지도 모른다고 생각했다.

‘하지만 저놈을 쉽게 해선 안 돼. 저놈은 죽을 때까지 배를 끌어야 해.’

그는 고물로 가서 어깨에 멘 줄을 왼손으로 바짝 잡고는 오른손으로 칼을 집었다. 별빛이 한층 밝아져서 만새기의 모습이 또렷하게 보였다. 노인은 칼로 만새기의 머리를 찍어 고물 구석에서 끌어냈다. 발로 만새기를 누른 다음 꼬리에서 아래턱까지 빠른 손놀림으로 배를 갈랐다. 그러고는 칼을 내려놓고 오른손으로 내장을 깨끗이 발라낸 뒤 아가미를 떼어 냈다.

노인은 손에 잡히는 만새기의 위가 제법 묵직하게 느껴져서 칼로 갈라 보았더니, 그 안에 날치 두 마리가 들어 있었다. 날치가 아직 싱싱하고 단단했기 때문에 만새기 옆에 나란히 내려놓고, 만새기의 내장과 아가미는 뱃전 너머로 집어 던졌다. 아가미와 내장은 인광을 뿜으며 바닷속으로 가라앉았다. 이제 만새기는 별빛 아래서 차갑고 뿌연 회색 빛깔을 띠고 있었다. 노인은 오른발로 만새기의 머리를 누른 채 한쪽 껍질을 벗겨 냈다. 이어서 고기를 뒤집은 다음 나머지 한쪽 껍질도 벗기고, 칼로 머리에서 꼬리까지 반으로 갈랐다.

노인은 살을 발라내고 남은 뼈를 뱃전 너머로 내던지고는 물속에서 소용돌이가 이는지 살폈다. 하지만 가라앉는 뼈에서 나오는 빛만 보일 뿐 아무런 움직임도 없었다. 그는 돌아서서 날치 두 마리를 갈라 둔 만새기 살점 사이에 얹고, 칼은 다시 칼집에 집어넣었다. 그런 다음 손질한 만새기 고기를 오른손에 들고 뱃머리로 돌아갔다. 만새기를 손질하는 내내, 낚싯줄을 받치고 있는 노인의 등이 그 무게로 인해 구부정해졌다.

뱃머리로 돌아온 노인은 만새기 고기 두 점과 날치를 뱃머리 판자 위에 내려놓고서, 어깨로 받치고 있는 낚싯줄을 고쳐 멘 다음 뱃전을 잡고 있던 왼손으로 낚싯줄을 다시 잡았다. 그리고 뱃전 너머로 몸을 숙여 날치를 물에 씻으면서 오른손에 부딪히는 물살을 느껴 보았다. 물속을 들여다보고 있자니 만새기 껍질

을 만진 오른손에서 인광이 번쩍였다. 물살이 배에 부딪히는 힘
은 한층 약해져 있었다. 뱃전에 오른손을 문지르자 인광 물질이
씻겨 나가면서 고물 밑으로 천천히 흘러갔다.

"저놈도 이제 피곤해서 쉬고 있나 보군."

노인이 중얼거렸다.

"나도 만새기를 먹고 쉬면서 눈 좀 붙여 보자."

별이 반짝이는 한밤의 냉기 속에서 노인은 저며 놓은 만새기
살을 먹었다. 두 점 중에서 하나를 집어 들어 반 토막을 천천히
먹고, 날치도 내장을 발라내고 머리를 떼어 낸 다음 한 마리를
다 먹었다.

노인이 중얼거렸다.

"만새기 고기도 익혀 먹으면 정말 맛있는데, 날로 먹으니까 정
말 끔찍한 맛이 나는군. 다음번에 배를 탈 때는 꼭 소금과 라임
을 챙겨야겠어."

낮 동안 뱃머리에 미리 바닷물을 뿌려 두었어야 했다는 생각
이 들었다.

'그러면 햇빛이 마른 뒤에 소금이 생겼을 텐데. 하지만 그랬으
면 해 질 녘까지 만새기를 못 잡았겠지. 어쨌든 준비가 부족했
어. 그래도 꼭꼭 씹어 먹으니까 비위가 상할 정도는 아니군.'

동쪽 하늘이 구름으로 덮이기 시작하면서 그가 아는 별들도
하나둘씩 사라져 갔다. 그러자 배가 구름 계곡 한가운데로 뚫고

들어가는 느낌이 들었다. 바람은 불지 않았다.

"사나흘 뒤에는 날씨가 나빠지겠는걸."

노인이 중얼거렸다.

"그래도 오늘 밤이나 내일은 아니야, 늙은이! 저놈이 얌전히 있는 지금 잠 좀 자 두라고!"

그는 오른손으로 줄을 단단히 움켜쥐었다. 그런 다음 온몸의 무게를 실어 허벅지로 오른손을 누르면서 누웠다. 이어 어깨로 받치고 있던 낚싯줄을 조금 아래쪽으로 내리고 왼손으로 줄을 눌렀다.

노인은 온몸으로 누르고 있는 동안에는 오른손으로 잡고 있는 줄을 절대 놓치지 않을 거라고 생각했다. 만약 자는 동안 줄이 느슨해져서 풀려 나간다면 왼손이 깨워 줄 것이다. 오른손이야 힘들겠지만, 오른손은 힘든 일이라면 충분히 단련이 되어 있었다. 이십 분에서 삼십 분만 자고 일어나도 몸이 가뿐해질 것 같았다. 그는 온몸이 낚싯줄을 누르도록 몸을 웅크린 채 몸 전체의 무게를 오른손에 싣고서 잠이 들었다.

노인은 꿈에서 사자 대신 십오륙 킬로미터 길이로 늘어서 있는 엄청난 돌고래 떼를 보았다. 마침 짝짓기 철이어서 돌고래들은 수면 위로 높이 뛰어올랐다가, 뛰어오를 때 수면에 생긴 구멍으로 다시 들어가곤 했다. 그런 다음 집으로 돌아와서 침대에 누워서 자는 꿈을 꾸었다. 북풍이 불어와 매우 추웠고, 베개 대신 오른팔을 베고 잤기 때문에 오른팔에는 감각이 없었다.

　이어지는 꿈에서 길게 뻗은 황금빛 해안선이 보였다. 어둑어둑해지는 해안가에 사자 몇 마리가 보이더니, 곧 나머지 다른 사자들도 나타나기 시작했다. 노인은 바다로 불어오는 저녁 바람을 맞으며 배가 닻을 내리는 동안 뱃전의 나무판자에 턱을 괸 채 쉬고 있었다. 그는 혹시 더 많은 사자가 보이지는 않을까 기대하며 흐뭇한 마음으로 기다렸다.

　노인은 달이 뜨고도 한참이 지나도록 계속 잠을 잤다. 물고기가 쉬지 않고 끌고 가는 조각배는, 이제 구름 터널 속으로 들어가고 있었다.

제 6 장
마침내 본모습을 드러내다

노인은 느닷없이 오른손 주먹이 얼굴을 때리는 바람에 잠에서 깼다. 낚싯줄은 오른손을 뜨겁게 달구면서 빠르게 빠져나가고 있었다. 어찌 된 영문인지 왼손에 아무 느낌이 없었다. 오른손으로 있는 힘껏 줄을 잡았다. 그래도 맹렬한 속도로 줄이 풀려 나갔다. 마침내 힘이 돌아온 왼손으로 줄을 잡고 등으로 낚싯줄을 누르자 등과 왼손이 타는 듯 뜨겁게 달아올랐다. 왼손으로 있는 힘껏 버티고 있자니 왼손이 쓰리도록 아팠다. 낚싯줄 뭉치가 있는 뒤쪽으로 고개를 돌려보니 줄이 쉴 새 없이 풀리고 있었다.

바로 그때 물고기가 수면을 크게 가르며 한껏 솟구쳤다가 철썩 하는 소리를 내며 물 위로 떨어졌다. 물고기는 계속해서 뛰어올랐다. 줄이 여전히 빠른 속도로 풀려 나가는데도 배는 빠르게 움직였다. 노인은 끊어질 정도로 팽팽해질 때까지 줄을 잡아당겼다가 다시 풀어 주고 다시 잡아당겼다 놓아주는 동작을 반복했다. 그러다가 뱃머리 쪽 바닥으로 넘어지는 바람에, 저며 놓은 만새기 살점 사이에 얼굴을 처박고 옴짝달싹 못 하게 되었다.

'너나 나나 바로 이때를 기다린 것 아니냐? 그러니 어디 한번 해 보자.'

그는 마음속으로 계속해서 외쳤다.

'저놈에게 낚싯줄 값을 물어내라고 해야겠어. 암, 당연히 줄 값을 받아 내야지.'

물고기가 뛰어오르는 모습은 볼 수 없었지만, 거세게 수면을 가르고 올라오는 소리와 철썩 하고 무겁게 수면 위로 떨어지는 소리가 들렸다. 낚싯줄이 빠르게 풀려 나가는 바람에 양손 모두 상처를 입었지만, 이런 일은 언제든지 일어날 수 있는 터라 각오하고 있었다. 그는 상처가 나더라도 굳은살이 박인 부분에 나도록 노력하면서, 다른 부위나 손가락에 상처가 나지 않게 하려고 애를 썼다.

'그 애만 있었다면 저 낚싯줄 뭉치도 잘 추스를 텐데……. 그래, 그 애가 있어야 하는 건데. 그 애만 있다면 얼마나 좋을까!'

줄은 끝없이 풀려 나갔지만 속도는 줄어들고 있었다. 그는 줄을 잡아당겼다 풀기를 반복하며 물고기를 상대했다.

드디어 노인은 짓뭉개진 만새기 살점에서 얼굴을 떼내어 뱃머리 위로 고개를 들었다. 그는 무릎을 세우고 천천히 두 발로 일어섰다. 줄을 계속 풀어 주고는 있었지만 풀리는 속도를 조금씩 줄였다. 그러고는 자리를 옮겨 낚싯줄 뭉치가 있는 곳을 발로 더듬어 보았다. 줄은 아직 충분히 남아 있었다. 이제 물고기는 새로 풀려 나간 줄의 무게까지 감당하며 배를 끌어야 했다.

'그래, 이제 저놈은 십여 차례나 올라왔으니 등 쪽에 있는 공기주머니에 공기가 잔뜩 들어갔겠지. 그러니 내가 끌어올릴 수 없는 깊은 곳까지 내려가서 죽는 일은 없을 거야. 조금 있으면 원을 그리며 돌기 시작하겠군. 바로 그때 손을 쓰는 거다. 그런데 저놈이 왜 그렇게 갑자기 난리를 쳤을까? 너무 배가 고파서 죽기 살기로 나온 걸까, 아니면 캄캄한 어둠 속에서 무얼 보고 놀란 걸까? 어쩌면 갑자기 겁이 났는지도 모르지. 그래도 그토록 침착하고 힘이 좋은 자신만만한 놈이었는데……. 게다가 겁이라고는 전혀 없어 보였건만, 참 이상한 일이로군.'

"이봐, 늙은이! 자네나 겁먹지 말고 자신감을 가지라고!"

노인은 자신에게 중얼거렸다.

"지금 줄을 잡고는 있지만 잡아당기지는 못하잖아. 그래도 저놈이 곧 주위를 돌기 시작할 테니 버텨 보라고."

노인은 이제 왼손과 왼쪽 어깨로 줄을 받치면서 웅크린 자세로 오른손을 뱃전 너머로 뻗었다. 그리고 손으로 바닷물을 퍼 올려 얼굴에 달라붙은 만새기의 살점을 씻어 냈다. 역겨운 냄새에 구역질을 해서 기운이 빠지기라도 하면 큰일이었다. 얼굴이 깨끗해지자 그는 오른손을 뱃전 너머로 뻗어 한동안 바닷물에 담근 채 다가오는 새벽을 지켜보았다.

이제 물고기는 거의 동쪽으로 방향을 틀어 나아가고 있었다. 동쪽으로 방향을 바꾸었다는 것은 놈이 지쳐서 조류를 따라가고 있다는 증거였다. 노인은 조금 있으면 놈이 빙빙 원을 그리며 돌기 시작할 것이라고 생각했다. 그때 진짜 승부가 시작되는 것이었다.

오른손을 바닷물에 충분히 담그고 있었다는 생각이 들자 노인은 손을 들어 바라보았다.

"별것 아니로군. 이 정도 아픔쯤이야 바다 사나이에게 아무것도 아니지."

노인은 새로 생긴 상처에 낚싯줄이 스치지 않도록 조심하면서, 줄을 고쳐 잡고는 반대쪽 뱃전 너머로 왼손을 담갔다.

"그만하면 잘 버텨 주었다."

그는 왼손을 보며 말했다.

"하지만 아까 너를 찾을 수 없는 순간이 있었지."

'왜 나는 양손 모두 튼튼하게 태어나지 못했을까? 아마 적당히 훈련하지 않은 내 잘못이겠지. 훈련할 기회는 얼마든지 있었

을 텐데.'

그래도 간밤에는 잘 버텨 주었고 쥐도 한 번밖에 나지 않았다. 노인은 만약 또 쥐가 나서 마비된다면 차라리 낚싯줄에 끊어지게 내버려 두는 편이 낫겠다고 생각했다.

이런 생각을 하는 동안 노인은 머리가 조금 어지럽다는 느낌을 받았다. 만새기 살점을 먹고 기운을 차리는 게 좋을 듯했다.

"하지만 정말 먹을 수가 없어."

그는 자신을 향해 말했다.

'구역질이 나서 힘이 빠지는 것보다는 머리가 조금 어지러운 게 더 낫겠지. 그리고 이 고기가 내 얼굴에 달라붙은 뒤로는 먹어도 소화가 되지 않을 것 같아. 상하기 전까지는 비상용으로 남겨 두자. 하지만 이제 만새기를 먹고 영양분을 섭취해 힘을 얻을 일은 없을 것 같군. 아, 이런 멍청이 같으니라고. 날치 한 마리가 남아 있잖아!'

노인은 자신을 꾸짖었다.

날치는 깨끗이 씻어 놓은 모습 그대로 언제라도 먹을 수 있게 제자리에 놓여 있었다. 노인은 왼손으로 날치를 집어 들고 뼈까지 조심조심 씹으면서 통째로 다 먹어 치웠다. 노인은 날치를 씹으며 생각했다.

'날치는 어떤 고기보다도 영양분이 많지. 적어도 지금 내게 필요한 힘은 충분히 줄 수 있을 거야. 이제 내가 할 수 있는 건 다

했어. 어서 저놈이 원을 그리게 만들어서 본격적인 싸움을 시작
해 보자.'

노인이 바다로 나온 뒤 세 번째로 동이 틀 무렵, 물고기는 드
디어 배 주위를 빙빙 돌기 시작했다.

드리워진 낚싯줄의 각도로는 물고기가 도는지 안 도는지 알
수가 없었다. 움직임을 예측하기에는 아직 일렀다. 노인은 줄이
약간 느슨해졌다는 느낌이 들자, 오른손으로 줄을 부드럽게 당
기기 시작했다. 조금 당기자 줄이 팽팽해졌다. 거의 끊어질 듯한
느낌이 들 때까지 당기자, 드디어 줄이 배 안으로 끌려 들어오
기 시작했다.

노인은 어깨 위에 감고 있던 낚싯줄을 벗겨 무리한 힘을 주지
않고 꾸준히 잡아당겼다. 그는 몸을 좌우로 흔들며 양손을 사용
했고, 되도록이면 몸과 다리에 힘을 주면서 당기려고 노력했다.
노인은 늙은 두 다리와 양쪽 어깨를 중심으로 몸을 흔들며 낚싯
줄을 잡아당겼다.

"엄청 크게 도는군. 어쨌든 돌고 있어."

조금 시간이 지나자 줄이 더 이상 당겨지지 않았다. 그는 줄을
잡은 채 아침 햇살을 받은 물방울이 줄에서 뚝뚝 떨어지는 모습
을 바라보았다. 줄이 다시 끌려 나가기 시작했다. 억울했지만 노
인은 무릎을 꿇은 채 줄을 다시 어두운 바닷속으로 풀어 줄 수
밖에 없었다.

“저놈이 아까보다 더 멀리 돌고 있어.”

노인이 중얼거렸다.

‘단단히 잡고 있어야겠어. 팽팽하게 잡아당기다 보면 원을 그리는 범위가 조금씩 줄어들겠지. 아마 한 시간쯤 지나면 저놈을 볼 수 있겠는걸. 이제 내 힘을 보여 주고 나서 죽일 테다.’

물고기가 천천히 주위를 도는 동안 노인은 땀으로 뒤범벅이 되었고, 두 시간이 지나자 뼛속까지 피곤해졌다. 하지만 물고기가 그리며 도는 원의 크기는 훨씬 줄어들었고, 낚싯줄의 기울어진 정도로 보아 물고기가 헤엄치면서 꾸준히 위로 올라오고 있다는 것을 알 수 있었다.

노인은 벌써 한 시간 전부터 눈앞에 검은 점이 어른거리기 시작했고, 두어 번 현기증도 느꼈다. 그리고 땀이 눈으로, 그리고 눈 밑과 이마에 난 상처로 흘러들어 따갑고 쓰라렸다. 눈앞에 어른거리는 검은 점이야 낚싯줄을 팽팽하게 잡아당기다 보면 늘 있는 일이니 대수롭지 않았다. 하지만 현기증은 좀 걱정스러웠다.

“이런 물고기를 못 잡고 죽을 수는 없지.”

노인이 말했다.

“이제 겨우 보기 좋게 끌려오는데 말이야. 하느님, 어떻게 하든 버틸 수 있게 해 주십시오. 주기도문과 성모송을 백 번이라도 외겠습니다. 지금 당장 할 수는 없습니다만.”

노인은 일단 왼 것으로 치자고 생각했다.

'나중에 하면 되지.'

바로 그때, 두 손으로 잡고 있던 줄이 팽 하는 소리와 함께 팅겨 나가면서 배 밖으로 거세게 끌려 나갔다. 날카로우면서도 강하며 묵직한 무게가 느껴졌다.

'저놈이 뾰족한 주둥이로 철사로 된 목줄을 치고 있군.'

이 정도야 예상했던 일이었다.

'그렇게 할 수밖에 없겠지. 저러다 뛰어오를지도 몰라. 좀 더 원을 그리며 도는 게 좋은데. 아까 뛰어오른 건 부레에 공기를 채우기 위해 필요했다 치고, 이제부터는 뛰어오를 때마다 낚싯바늘이 박힌 상처 부위가 점점 벌어질 텐데.'

그러면 낚싯바늘이 빠질 수도 있었다.

"물고기야, 뛰지 마라."

노인이 말했다.

"뛰지 말란 말이다."

물고기는 몇 차례 더 철사로 된 목줄을 때렸다. 놈이 머리를 흔들 때마다 노인은 줄을 조금씩 풀어 주었다.

'지금 이 정도로만 고통스럽게 만들어야 해. 내 고통은 문제가 아니야. 충분히 견딜 수 있으니까. 하지만 저놈의 고통은 저놈을 미치게 만들 거야.'

잠시 후, 물고기는 주둥이로 목줄 치는 걸 그만두고 다시금 천천히 돌기 시작했다. 노인은 이제 꾸준히 줄을 끌어당기고 있었다. 그러자 다시 현기증이 났다. 그는 왼손으로 바닷물을 퍼 올려 머리 위로 쏟아 부었다. 노인은 바닷물을 조금 더 끼얹으며 목덜미를 문질렀다.

"이제 쥐가 나는 일은 없어."

그가 중얼거렸다.

"저놈은 곧 떠오를 테고 나는 버틸 수 있어. 반드시 버텨야 해. 쥐가 나는 일 따위는 입 밖에 내지도 말자."

노인은 잠시 뱃머리 바닥에 무릎을 꿇고 있다가 낚싯줄을 다시 등에 둘러멨다.

'저놈이 저렇게 멀리 돌고 있을 때 좀 쉬어야겠어. 그러다가 가까이 다가오면 그때 일어나서 결정을 짓는 거야.'

노인은 풀려 나간 줄을 다시 잡아당기지 않고 뱃머리에 앉아 쉬면서, 물고기가 저 혼자 빙빙 돌게 내버려 두고 싶은 생각이 간절했다. 하지만 줄의 움직임으로 보니 물고기가 배 쪽으로 다가온다는 것을 알 수 있었다. 노인은 일어서서 두 발로 몸의 중심을 잡고는 두 팔을 앞뒤로 움직여 당길 수 있는 데까지 줄을 끌어당겼다.

노인은 이렇게 피곤하고 힘들기는 난생처음이라고 생각했다. 이제 무역풍이 불고 있었다.

'저놈을 싣고 가기에 아주 그만이지. 그야말로 더할 나위 없이

꼭 필요한 바람이야.'

노인은 혼자서 중얼거렸다.

"다음번에 바깥쪽으로 돌 때 좀 쉬어야겠다. 이제 몸도 아주 가뿐해졌어. 두세 번만 더 돌면 잡을 수 있을 거야."

그는 물고기가 줄을 잡아당기며 방향을 바꾸는 느낌이 들자 밀짚모자를 뒤로 젖히고는 뱃머리에 주저앉았다.

'네가 돌아올 때 잡아들일 테니 계속 돌아라, 물고기야.'

노인은 속으로 말했다.

파도가 눈에 띄게 높이 일고 있었다. 하지만 이 정도면 좋은 날씨라고 생각했다. 집으로 돌아가려면 이 정도 바람은 불어야 했다.

"방향을 남서쪽으로만 잡으면 돼."

그가 말했다.

"뱃사람이 길을 잃을 리는 없지. 게다가 쿠바는 긴 섬이고."

물고기가 모습을 드러낸 건 세 번째 원을 그릴 때였다.

놈이 모습을 드러내기 직전, 시커먼 그림자가 배 아래쪽으로 지나갔다. 그런데 지나가는 시간이 너무 오래 걸려서 물고기라고 믿을 수 없을 정도였다.

"아니야, 저렇게 클 리가 없어."

노인이 중얼거렸다.

그러나 물고기는 실제로 그렇게 컸다.

세 번째 원을 그리고 나서 삼십 미터도 채 떨어지지 않은 수면 위로 물고기가 올라온 순간, 노인은 물 밖으로 솟구친 꼬리를 보았다. 그 꼬리는 큰 낫보다 더 컸고, 검푸른 바다 위에서 연보랏빛으로 번쩍였다. 물고기가 꼬리를 배 뒤쪽 수면 위로 비스듬히 세운 채 헤엄쳐 지나가자, 노인은 물고기의 거대한 몸집과 몸통 양옆으로 반짝이는 보라색 줄무늬를 볼 수 있었다. 등지느러미는 아래로 처져 있었고, 커다란 가슴지느러미는 활짝 펼친 모습이었다.

물고기가 모습을 드러낸 순간, 노인은 물고기의 눈과 그 옆에서 헤엄치는 빨판상어 두 마리도 볼 수 있었다. 빨판상어는 물고기 몸에 붙어 있다가 순식간에 떨어져 나와서 헤엄치기도 하고, 물고기 그늘 아래로 숨어들기도 했다. 두 마리 모두 구십 센티미터가 넘어 보였는데, 빠르게 헤엄칠 때는 마치 뱀장어 같아 보였다.

노인은 땀을 비 오듯 흘리고 있었는데 꼭 햇빛 때문만은 아니었다. 물고기가 날뛰지 않고 조용히 원을 그릴 때마다 노인은 조금씩 줄을 끌어당겼고, 이제 두 번만 더 돌면 작살을 꽂을 기회가 올 것이라고 확신했다.

노인은 물고기를 배 옆으로 바짝, 아주 바짝 끌어당겨야 한다고 생각했다.

'놈의 머리를 겨냥해서는 안 돼! 곧바로 심장을 찔러야지.'

그리고 자신에게 다짐하듯 말했다.

"침착하게, 그리고 한 방에 끝내야 해, 늙은이!"

한 번 더 원을 그릴 때 수면 밖으로 물고기의 등이 보였지만, 아직까지는 배와 거리가 있었다. 그다음 바퀴에서도 거리가 너무 멀었다. 그렇지만 물고기는 한층 수면 가까이 올라와 있었다. 노인은 조금만 더 잡아당기면 물고기를 배 옆으로 가깝게 붙일 수 있겠다고 확신했다.

작살은 벌써 오래전에 준비해 두었다. 둥그런 바구니에 담겨 있는 작살은 뱃머리 말뚝에 끄트머리를 매어 놓은 가느다란 밧줄로 연결되어 있었다.

물고기는 이제 원을 그리며 조용히, 그리고 우아한 모습으로 다가왔다. 눈에 선명하게 보이는 것은 커다란 꼬리의 움직임뿐이었다. 노인은 있는 힘을 나해 물고기를 배 가까이로 끌이당겼다. 물고기는 잠시 몸을 옆으로 뉘었다가 바로잡고는 다시 천천히 원을 그리기 시작했다.

"저놈을 움직이게 만들었구나."

노인이 말했다.

"내가 저놈을 움직이게 했어."

노인은 다시 현기증을 느꼈지만, 거대한 물고기가 끄는 줄을 있는 힘을 다해 붙잡고 있었다.

'내가 저 큰 놈을 움직이게 했어. 어쩌면 이번에 원을 그릴 때는 잡을 수 있을지도 몰라. 손아, 잡아당겨라. 다리야, 버텨라. 머리야, 조금만 견디렴. 나를 위해 견뎌 주렴. 지금까지 잘 견뎠잖니. 이번에는 놓치지 않겠다.’

그러나 있는 힘을 다해 줄 잡아당기는데도 물고기는 배 가까이 다가오기 전에 잠시 몸을 뒤집었다가 다시 자세를 바로잡더니 도망쳤다.

“물고기야!”

노인이 말했다.

“어쨌거나 너는 죽게 되어 있다. 나까지 죽일 셈이냐?”

노인은 그래 봤자 아무짝에도 소용없다는 생각이 들었다. 말을 할 수 없을 정도로 입이 말라붙었지만, 이제는 물병을 집어들 힘조차 없었다.

노인은 자신에게 말했다.

‘이번에야말로 배 옆으로 끌어와야 해. 더 이상은 나도 감당하지 못할 거야. 아니, 아니지. 너는 할 수 있어. 너는 언제까지고 버틸 수 있어.’

그다음 물고기가 다가왔을 때, 노인은 물고기를 거의 잡을 뻔했다. 하지만 이번에도 물고기는 자세를 바로잡은 다음 천천히 멀어져 갔다.

노인은 마음속으로 생각했다.

‘물고기야, 네가 나를 죽일 셈이냐? 하기야 너에게도 그럴 권리가 있겠지. 형제여, 여태껏 너보다 더 크고 더 아름답고 더 침착하며 더 고상한 존재는 본 적이 없다. 어서 와서 나를 죽여 보렴! 누가 누구를 죽이든 상관하지 않겠다.'

노인은 다시 어지러움을 느꼈다.

'정신을 잃지 말아야 해. 머리를 맑게 하고, 남자답게 고통을 견뎌 내야지. 적어도 저 물고기만큼은.'

"머리야, 맑아져라."

그는 들릴 듯 말 듯 작은 소리로 속삭였다.

"제발 정신 차리라고."

물고기가 원을 두 번이나 더 그렸지만 달라진 것은 없었다.

'나도 모르셌나. 나도 모르겠이. 그레도 한 번 더 해 보자.'

노인은 낚싯줄을 잡아당길 때마다 정신을 잃을 것만 같았다. 비틀대던 물고기는 자세를 바로잡고는 물 밖으로 커다란 꼬리를 흔들며 또다시 달아났다.

노인은 자신에게 다짐했다.

'다시 해 보는 거야.'

이제 더 이상 두 손에 힘이 들어가지 않았고, 눈이 가물가물해서 잘 보이지도 않을 지경이었다.

노인은 한 번 더 시도해 봤지만 역시 똑같았다. 그래도 다시 해 봐야겠다고 생각했다. 하지만 시작도 하기 전에 정신이 아득해졌다.

노인은 자신의 모든 고통과 마지막으로 남은 힘, 그리고 오래 전에 잊어버린 자부심을 모두 합해서, 물고기에게 고통을 안기기 위해 자신을 내던졌다.

순간 물고기가 그에게 끌려와 배 옆을 천천히 헤엄치며 지나 갔다. 주둥이가 뱃전을 거의 스칠 듯 가까운 거리였다. 은빛 자태와 보라색 무늬를 뽐내며 천천히 노인 곁을 지나가는 물고기는 끝이 없을 정도로 길고 넓고 거대해 보였다.

제 7 장
아름다운 최후

노인은 낚싯줄을 내려놓고 발로 밟은 다음, 작살을 높이 들어 올렸다. 그리고 있는 힘을 다해, 또 없는 힘까지 끌어내어 사람의 가슴 높이 정도까지 솟구친 커다란 가슴지느러미 바로 뒤를 겨냥해 깊숙이 내리 찔렀다. 작살이 물고기의 살 속을 파고드는 느낌이 전해졌다. 그는 작살에 온몸의 무게를 실어 더 깊이 찔러 넣었다.

치명상을 입었을 텐데도 물고기는 여전히 살아 있었다. 그리고 거대한 몸을 물 밖으로 드러내며 높이 솟구쳐 자신의 힘과 아름다운 자태를 뽐냈다. 마치 배를 타고 있는 노인의 머리 위쪽 허공에 매달려 있는 것 같았다. 그러더니 철썩 소리를 내며

노인과 조각배에 온통 물보라를 뒤집어씌우고는 물속으로 들어
갔다.

노인은 현기증이 나고 속이 메스꺼워서 앞이 잘 보이지도 않
았다. 상처 난 손으로 작살줄을 천천히 풀어 주는 동안 눈이 조
금씩 다시 보이기 시작했다. 밝아진 눈으로 다시 살펴보니, 물
고기는 은빛 배를 드러내며 뒤집혀 있었다. 작살 자루는 옆구리
에서 조금 위쪽으로 비스듬히 꽂혀 있었고, 물고기의 심장에서
쏟아지는 피는 바다를 붉게 물들이고 있었다. 처음에는 물고기
의 피가 깊이 천육백 미터가 넘는 푸른 바닷속의 물고기 떼처럼
시커멓게 보였다. 그러더니 잠시 후 구름이 흘러가듯 점점 퍼져
나갔다. 물고기는 조용히 은빛 배를 드러낸 채 물결에 몸을 맡
기고 둥둥 떠 있었다.

노인은 흘끗 바라본 눈앞의 광경이 믿어지지 않아 다시 한 번
유심히 살펴보았다. 그러고는 작살의 줄을 뱃머리 말뚝에 두 번
돌려 맨 다음 머리를 두 손으로 감싸 쥐었다.

"정신이 들게 해 다오."

그는 뱃머리 판자에 기대어 말했다.

"나는 기진맥진한 늙은이야. 그런데도 형제 같은 물고기를 잡
았어. 이제부터 할 일이 많단 말이다."

노인은 이제 올가미와 밧줄을 준비해서 물고기를 배 옆에 묶
어야겠다고 생각했다.

‘물고기와 나 둘뿐이지만 아무리 해도 배가 물고기를 지탱할 수 없을 거야. 배에 싣고 나면, 아무리 물을 퍼낸다 해도 배가 가라앉아 버릴 테니까. 이제부터 할 일이 너무 많아. 우선 저놈을 가까이 끌어와 배 옆에 잘 붙들어 매고 나서 돛을 올리고 돌아가야겠군.’

노인은 물고기를 배 옆으로 가까이 끌어와 아가미와 주둥이를 줄로 꿰어 뱃머리 옆에 붙들어 맬 생각이었다.

‘저놈을 찬찬히 살펴봤으면 좋겠는데. 천천히 만지면서 감상해 보고 싶어. 저놈은 내 재산이야. 하지만 그런 이유로 감상하고 싶은 건 아니야. 저놈의 심장이 뛰는 걸 느꼈기 때문이지. 바로 작살을 깊이 박아 넣는 순간이있이.’

노인은 생각했다.

‘이제 저놈을 뱃머리에 잡아매야 해. 꼬리와 몸통에 올가미를 씌우고 뱃전에 단단히 묶어 놔야겠군.’

“자, 시작해, 늙은이!”

그는 자신에게 말했다. 그리고 물을 조금 마셨다.

“싸움은 끝났고, 이제 엄청 고된 일이 남아 있다고.”

노인은 하늘을 올려다보고 다시 물고기를 바라보았다. 그런 다음 해를 조심스럽게 살펴보았다. 정오에서 한참 지난 것 같지는 않았다. 무역풍이 불고 있었다. 낚싯줄은 이제 중요하지 않았다. 돌아가면 그 애와 둘이서 다시 손질하면 된다.

"이리 오너라, 물고기야."

노인이 말했다. 물론 물고기는 오지 않았다. 물고기는 이제 말없이 벌렁 누워 수면 위에 둥둥 떠 있을 뿐이었다.

노인은 노를 저어 물고기 곁으로 다가갔다. 노인은 물고기를 뱃머리에 잡아매는 동안에도 도저히 그 크기를 믿을 수 없었다. 그는 말뚝에 매인 작살줄을 풀어 물고기의 아가미로 집어넣은 다음 턱으로 빼냈다. 그리고 뾰족한 주둥이에 줄을 한 번 감고 다른 쪽 아가미로 넣어서 빼냈다. 그런 다음 다시 주둥이를 한 번 더 감고 줄 양쪽 끝을 매듭지어 뱃머리의 말뚝에 묶었다. 그러고는 밧줄을 끊어 꼬리에 올가미를 씌웠다.

본래 은빛과 보랏빛이 뒤섞인 색깔이었던 물고기는 이제 은빛으로 변해 있었지만, 줄무늬는 여전히 꼬리처럼 연보라색이었다. 줄무늬는 손가락을 활짝 폈을 때의 사람 손바닥보다 더 넓었으며, 눈은 잠망경의 반사 거울이나 행렬 속의 성자처럼 초연한 빛을 띠고 있었다.

"죽이려면 이렇게 할 수밖에 없었어."

노인이 중얼거렸다.

물을 마셨더니 몸이 한결 좋아진 느낌이었다. 머리도 맑아져서 정신을 잃을 것 같지 않았다.

'이 정도 크기라면 칠백에서 팔백 킬로그램은 너끈히 나가겠는걸. 어쩌면 훨씬 더 나갈지도 몰라. 내장을 발라내서 지금 무

게의 삼분의 이만 된다 해도, 일 킬로그램에 칠십 센트씩 받는다면 다 해서 얼마나 되는 거지?'

"연필이 있어야 계산을 하지."

노인이 말했다.

"내 머리로는 계산이 안 돼. 위대한 디마지오도 오늘 내가 한 일을 알면 자랑스럽게 여길 거야. 나야 발꿈치 통증은 없지. 하지만 두 손과 등은 정말 아프군."

발꿈치가 아프면 어떤 기분일지 궁금했다. 깨닫지 못해서 그렇지, 어부들도 발꿈치 통증이 있을지 몰랐다.

노인은 물고기를 뱃머리와 고물, 그리고 배의 중간 부분에 각각 붙들어 맸다. 물고기기 하도 커서 마치 조각배 옆에 훨씬 큰 배를 매단 것처럼 보였다. 그는 밧줄을 한 가닥 잘라 주둥이를 붙들어 매어 입이 벌어지지 않게 했다. 그래야만 배가 속도를 제대로 낼 수 있기 때문이다. 그런 다음 돛대를 세우고 돛의 활대도 준비했다. 누덕누덕 기운 돛을 달자 배가 움직이기 시작했다. 노인은 고물에 반쯤 누워서 배를 남서쪽으로 몰았다.

노인에게 나침반은 필요 없었다. 오직 무역풍의 풍향과 돛이 움직이는 방향만 알면 되었다. 노인은 작은 낚싯줄에 가짜 미끼를 달아 바닷속으로 드리워야겠다고 생각했다. 뭘 좀 먹어 두려면 작은 놈이라도 잡아야 했다. 또 수분을 채우려면 물도 마셔야 한다. 하지만 쓸 만한 가짜 미끼는 보이지 않았고, 남아 있는 정어리도 상해 버린 뒤였다.

그래서 그는 배 가까이 떠다니는 누런 해초를 갈고리로 끌어 모았다. 해초를 잡고 흔들자 그 속에 있던 작은 새우들이 바닥에 떨어졌다. 여남은 마리는 될 듯한 새우들이 모래벼룩처럼 바닥에서 팔딱팔딱 뛰었다. 노인은 엄지손가락과 집게손가락으로 새우의 머리를 떼어 낸 다음 꼬리와 껍질까지 꼭꼭 씹어 삼켰다. 비록 몸집은 작지만 영양분이 풍부하고 맛이 있었다.

물병에는 아직 물이 두어 모금 남아 있었다. 노인은 작은 새우를 다 먹고 나서 물을 반 모금쯤 마셨다. 무거운 물고기를 매단 것치고 배는 아주 잘 나아갔다. 그는 키를 잡고 배의 방향을 조종했다.

물고기는 분명 눈앞에 묶여 있었다. 또 두 손의 상처와 아직도 쓰라린 등의 감촉 덕분에 이 상황이 꿈이 아니라 실제라는 것을 알 수 있었다. 물고기를 잡기 전까지만 해도 정신을 잃을 만큼 탈진한 나머지 이게 꿈이 아닌가 생각한 적도 있었다. 그리고 물고기가 수면 밖으로 솟구쳤다가 다시 물속으로 들어가기 직전, 한순간 허공에 떠 있을 때의 광경이 너무도 생생해서 정말 물고기를 잡은 것인지 지금까지도 잘 믿어지지가 않았다. 더군다나 그때는 눈도 잘 보이지 않았다.

하지만 이제 눈앞에 보이는 물고기, 두 손과 등의 통증만 봐도 분명 꿈은 아니었다. 손이야 곧 나을 거라고 노인은 생각했다.

피는 말끔하게 말라붙었고 상처는 소금물로 치료될 것이었다. 깊은 바다의 시커먼 바닷물이야말로 최고의 치료제였다. 이제 남은 일은 정신을 똑바로 차리는 것뿐이었다.

'손은 할 일을 다 했고, 배는 잘 나아가고 있어. 물고기가 입을 꽉 다물고 꼬리를 높이 치켜세운 채, 함께 달리는 걸 보니 우리는 꼭 형제 같구나.'

그러다가 머릿속이 다시금 흐릿해졌다.

'도대체 저놈이 나를 데리고 가는 거야, 아니면 내가 저놈을 데리고 가는 거야? 저놈을 뒤에다 매달고 가면 문제가 전혀 없을 텐데. 물고기가 모든 위엄을 잃은 채 배 안에 누워 있다고 하더라도 문제 될 건 없지. 하지만 물고기의 내가 나란히 함께 달리고 있단 말이야. 저놈이 나를 끌고 가야만 직성이 풀린다면 그렇게 해 주자. 내가 저놈보다 나은 건 꾀가 좀 있다는 것뿐이고, 더군다나 저놈이 나에게 해를 끼칠 일은 없으니까.'

노인과 물고기는 미끄러지듯 바다를 달렸다. 노인은 두 손을 번갈아 바닷물에 담그며 정신을 차려 보려고 애썼다. 하늘에는 뭉게구름이 떠 있었고 그 위로는 새털구름이 빽빽이 퍼져 있었다. 구름을 보니 밤새도록 순풍이 불 것임을 알 수 있었다. 노인은 꿈이 아닌지 확인하려고 끊임없이 물고기를 바라보았다.

그로부터 한 시간 뒤, 첫 번째 상어가 공격을 시작했다.

제 8 장

무서운 불청객

상어는 우연히 나타난 게 아니었다. 물고기의 검은 구름 같은 피가 서서히 가라앉으면서 천육백 미터 깊이의 바다 속으로 퍼질 때, 그 냄새를 맡고 깊은 곳에서부터 치고 올라온 것이었다. 상어는 아무 경고도 없이 쏜살같이 올라와 푸른 바닷물을 가르면서 햇빛 속에 모습을 드러냈다. 그런 다음 다시 물속으로 들어가서 냄새를 맡고는 배와 물고기가 지나간 길을 따라 쫓아오기 시작했다.

상어도 냄새의 꼬리를 놓칠 때가 있었다. 하지만 다시 냄새를 맡거나 냄새의 흔적을 찾아내었고, 그 즉시 전속력으로 쫓아왔다. 그놈은 바다에서 가장 빨리 헤엄치는 대표적인 식인 상어인 청상아리였는데, 엄청나게 큰 놈이었다.

청상아리는 억센 턱만 빼면 몸 전체가 아름다웠다. 등은 황새치처럼 푸른색이었고 배는 은빛에다 껍질은 미끈하고 보기 좋았다. 청상아리가 빠르게 헤엄칠 때, 꽉 다문 거대한 턱을 제외하면 겉모습은 황새치와 크게 다를 바 없었다.

청상아리는 수면 바로 아래에서 헤엄칠 때 거대한 등지느러미를 흔들지도 않고 칼처럼 물살을 베며 나아갔다. 꽉 다문 주둥이의 이중 입술 안쪽에는 이빨이 여덟 줄로 비스듬히 나 있었다. 다른 상어에게서 흔히 볼 수 있는 피라미드 모양의 이빨이 아니라, 매의 발톱처럼 안으로 오므라든 모양이었다. 이빨 하나하나가 노인의 손가락 길이만 했고, 번도닐처럼 날카로웠다.

청상아리는 바다에 사는 어떤 고기라도 잡아먹을 수 있는 물고기였다. 또 너무나 빠르고 힘이 센 데다, 강하고 날카로운 이빨이라는 무서운 무기를 가지고 있었기 때문에 상대할 만한 적이 없었다. 바로 이런 놈이 지금 신선한 피 냄새를 맡고서 푸른 등지느러미로 물살을 가르며 쫓아오고 있었다.

뭔가 쫓아오고 있다는 것을 알아차렸을 때, 노인은 이놈이 도무지 겁이라고는 모르며 제 하고 싶은 대로만 하는 상어라는 걸 금방 알 수 있었다. 그는 다가오는 상어를 지켜보며 작살을 들고 작살에 줄을 단단히 동여맸다. 줄을 잘라서 물고기를 묶는 데 사용했기 때문에 줄이 약간 짧았다.

노인은 이제 머리가 맑아졌고, 온몸에는 굳은 결의가 넘쳤다. 하지만 희망은 별로 없었다.

'역시 좋은 일은 오래 가지 못하는 법이야.'

노인은 속으로 생각했다.

그는 가까이 다가오는 상어를 지켜보면서 물고기를 힐끗 바라보았다. 차라리 꿈이었으면 좋겠다고 생각했다. 상어의 공격을 막을 수는 없겠지만 상어를 죽일 수는 있을 터였다.

'덴투소로구나, 이 망할 놈!'

노인은 속으로 상어 종류 중 하나를 가리키는 스페인 어를 중얼거렸다.

상어가 고물 뒤에 바짝 붙어서 물고기에게 달려들었다. 노인은 상어가 큰 주둥이를 쩍 벌리고 달려들면서 물고기의 꼬리 위쪽 살점을 이빨로 물어뜯는 모습을 보았다. 상어의 머리는 물 밖으로 나와 있었고 등도 보였다. 상어가 물고기의 껍질과 살을 물어뜯는 소리가 들리는 순간, 노인은 상어의 두 눈 사이를 잇는 선과 코에서 등으로 이어지는 선이 교차하는 부위에 작살을 내리꽂았다. 사실 선은 없었다. 보이는 것은 오직 무겁고 날카로운 파란 머리와 커다란 두 눈, 그리고 절걱거리며 모든 것을 집어삼키는 주둥이뿐이었다. 하지만 노인이 내려찍은 곳은 바로 상어의 뇌가 있는 부위였다.

그는 피가 흥건한 손에 작살을 들고 상어의 머리를 있는 힘껏 내려찍었다. 별 기대는 하지 않았지만, 단호한 결의와 깊은 적의를 가득 담아서 찔렀다.

상어가 몸을 뒤집을 때 노인은 놈의 눈에서 이미 죽음의 빛을 볼 수 있었다. 그놈은 다시 한 번 몸을 뒤집으며 밧줄로 제 몸을 두 번 휘감았다. 노인은 상어가 죽었다고 생각했지만, 상어는 자신의 죽음을 순순히 받아들이려고 하지 않았다.

상어는 뒤집힌 채 꼬리로 물을 후려치고 주둥이를 절걱거리면서 마치 쾌속정처럼 빠르게 헤엄쳐 갔다. 상어가 꼬리로 물을 치자 사방으로 하얀 물방울이 튀었다. 상어 몸뚱이의 사분의 삼이 물 밖으로 드러나는 순간, 작살 줄이 팽팽하게 당겨지며 부르르 떨리더니 그만 끊어지고 말았다. 노인은 상어가 수면 위에 조용히 떠 있는 모습을 잠시 동안 지켜보았다. 죽은 상어는 얼마 지나지 않아 느릿느릿 가라앉았다.

"저놈이 이십 킬로그램은 족히 떼어 먹었어."

노인은 큰 소리로 외치고 나서 생각했다.

'저놈이 작살과 줄까지 모두 가져갔어. 그뿐인가, 물고기한테서 다시 피가 흐르니 다른 놈들이 또 덤벼들 게 분명해.'

노인은 물어뜯긴 물고기를 더 이상 보고 싶지 않았다. 상어가 물고기를 물어뜯을 때, 노인은 꼭 자기 몸이 물어뜯기는 기분이었다.

'하지만 나는 내 물고기를 물어뜯은 상어를 죽였어. 지금까지

큰 놈들을 많이 봤지만, 이제껏 내가 본 중에서 가장 큰 덴투소
였어.'

그는 좋은 일은 오래가지 않는 법이라고 다시 한 번 생각했다.

'차라리 꿈이었으면 좋겠군. 내가 저 물고기를 낚지도 않았고
집에서 침대에 신문지를 깔고 혼자 누워 있다면 얼마나 좋을까.'

"하지만 인간은 패배하라고 태어난 게 아니야."

노인이 말했다.

"인간은 파멸할 수는 있어도 패배하지는 않아."

노인은 소리 내어 말하다가 자기가 죽인 물고기에게 미안한
마음이 들었다.

'이제 힘든 시간이 다가오고 있는데 나에게는 작살마저 없어.
덴투소는 잔인하고 강한 데다 영리하기까지 한데 큰일이로군.
하지만 나만큼 영리하지는 못하지. 아니, 어쩌면 더 영리할지도
몰라. 지금까지 나에겐 단지 더 좋은 무기가 있었던 건지도 모
르지.'

"그만 생각해, 늙은이!"

노인은 자신에게 소리쳤다.

"이 방향으로 계속 가는 거야. 그러다 또 덤비면 그때 가서 맞
서기로 하자."

그래도 노인은 생각을 해야만 했다.

'나에게 남은 것이라고는 어떻게 맞설까 하는 생각뿐이야. 야

구를 뺀다면 말이지. 위대한 디마지오도 내가 상어 머리를 내려찍는 모습을 봤다면 좋아했을까? 뭐 그렇게 대단한 일은 아니지. 누구라도 그 정도는 다 할 수 있을 테니까. 하지만 나는 손을 다쳤으니 발꿈치 통증 같은 약점이 있다고 볼 수 있지 않을까? 나도 모르겠다. 수영을 하다가 발로 가오리를 밟아서, 발을 찔리는 바람에 왼쪽 다리가 마비되고 엄청 아팠던 적은 한 번 있었지. 그때 말고는 한 번도 발꿈치를 다친 적이 없으니까.'

"뭔가 신 나는 일을 생각하라고, 늙은이!"

그가 말했다.

"점점 집에 가까워지고 있잖아. 물고기 살점이 이십 킬로그램이나 떨어져 나갔으니 그만큼 배가 더 가벼워진 셈이야."

노인은 배가 조류의 안쪽 부분에 이르면 무슨 일이 일어날지 아주 잘 알고 있었다. 하지만 이제 할 수 있는 일은 아무것도 없어 보였다.

"아니, 있어."

노인은 큰 소리로 외쳤다.

"칼을 노 밑동에 단단히 묶으면 돼."

그는 키 손잡이를 팔 안쪽에 끼고 발로 돛자락을 누른 채 노에 칼을 묶었다.

"나는 여전히 늙은이일 뿐이지만, 그렇다고 완전히 무방비 상태는 아니야."

그가 말했다.

바람이 다시 불어와 배는 아주 잘 나아갔다. 물고기의 앞부분만 보고 있자니 희망이 다시 솟아나는 기분이 들었다.

'희망을 버리는 건 바보 같은 짓이야. 더군다나 희망을 버리는 건 죄악이야. 아니, 죄에 대한 생각은 잊어버리자. 죄 말고도 걱정할 문제는 얼마든지 있으니까. 또 나는 죄가 뭔지도 잘 모르잖아.'

노인은 계속 생각했다.

'나는 죄가 뭔지 몰라. 또 내가 죄를 지었는지 어떤지도 잘 모르겠어. 아마 물고기를 죽이는 것도 죄가 되겠지. 비록 내가 살기 위해, 그리고 많은 사람을 먹이기 위해 물고기를 잡기는 했지만, 그래도 죄라는 생각이 들어. 하지만 그렇게 따지면 죄 아닌 것이 어디 있단 말이야? 죄 따위는 생각하지 말자. 그런 생각을 하기엔 이미 너무 늦었어. 또 그런 일을 하면서 돈을 받는 사람이 있으니까, 죄 따위는 그런 사람들에게 맡기자. 물고기가 물고기로 태어난 것처럼 나는 어부로 태어났을 뿐이야. 위대한 디마지오의 아버지도 어부였고, 성 베드로도 어부였어.'

하지만 노인은 달리 읽을거리도 없고 라디오도 없었기 때문에 자신과 관련된 일에 대해 생각해 보는 걸 좋아했다. 그래서 이 생각 저 생각을 하며 죄에 관해서도 계속 생각했다.

'오직 먹고살기 위해서, 팔기 위해서 물고기를 죽인 건 아니야. 나는 긍지를 위해서, 또 어부이기 때문에 물고기를 죽인 거야. 나는 물고기가 살아 있을 때도 물고기를 사랑했고, 물고기가 죽은 뒤에도 사랑했어. 사랑한다면 죽였다고 해서 죄가 될 건 아니지. 아니, 더 큰 죄가 되는 걸까?'

"무슨 생각이 그리 많아, 늙은이?"

노인이 큰 소리로 외쳤다.

'그래도 덴투소라는 놈을 죽일 때는 기분이 좋았어.'

노인은 생각을 멈추지 않았다.

'그놈도 나처럼 살아 있는 물고기를 먹고 살지. 그놈은 죽은 물고기를 먹는 청소 동물도 아니고, 몇몇 상어처럼 닥치는 대로 집어삼키는 식탐 덩어리도 아니야. 그놈은 아름답고 고상하며 그 어떤 두려움도 모르지.'

"내가 그놈을 죽인 건 정당방위야!"

노인은 크게 소리 질렀다.

"그리고 멋지게 죽였어."

더욱이 이 세상 모든 생물은 어떤 방식으로든 다른 생물을 죽이며 살아간다고 노인은 생각했다.

'고기잡이는 나를 살아가게 만들면서, 나를 죽이기도 해. 아니, 아니지. 사실은 그 애가 나를 살아가게 만드는 거야. 나 자신을 너무 속여서는 안 되지.'

그는 뱃전 너머로 몸을 숙이고 상어가 물어뜯어 덜렁거리는 물고기의 살점을 한 조각 떼어냈다. 그리고 그 살점을 씹으며 질감과 맛을 음미했다. 쇠고기처럼 살이 단단하고 물기가 많았지만, 색깔이 붉지 않았다. 힘줄도 없어서 시장에 내다 팔면 최고의 값을 받을 수 있으리라는 것을 알 수 있었다. 하지만 피 냄새가 바다로 퍼져 나가는 것을 막을 방법은 없었다. 매우 힘든 시간이 다가오고 있었다.

미풍은 그칠 줄 모르고 계속 불었다. 방향이 약간 북동쪽으로 바뀌기는 했지만 노인은 바람이 멎지는 않을 거라고 짐작했다. 노인은 앞을 바라보았다. 하지만 다른 배의 돛이나 선체는 고사하고, 배에서 피어오르는 연기마저도 보이지 않았다. 보이는 것이라고는 오직 뱃머리 쪽에서 날아올랐다가 뱃전 양옆으로 사라지는 날치, 그리고 누런 해초 더미뿐이었다. 새는 한 마리도 보이지 않았다.

제 9 장

파멸할 순 있어도 패배하진 않는다

노인은 고물 쪽에서 쉬면서 이따금 힘을 내기 위해 청새치의 살점을 씹었다. 그렇게 두 시간쯤 배를 타고 나아갔다. 그러다가 뒤를 쫓아온 두 마리 상어 가운데 첫 번째 놈을 보았다.

"아!"

노인은 크게 외마디 소리를 질렀다. 이 소리는 뭐라고 달리 옮길 수가 없는 말이었다. 어쩌면 못이 손바닥을 뚫고 나무에 박힐 때, 자기도 모르게 내지르는 비명 같은 것이었는지도 몰랐다.

"갈라노 상어로구나!"

노인이 큰 소리로 말했다.

첫 번째 상어 뒤로 삼각형 모양의 갈색 지느러미가 달린 놈이 꼬리로 물살을 쓸어내리듯 움직이며 바짝 따라오고 있었다. 그 놈은 삽날코 상어였다. 놈들은 피 냄새를 맡고 흥분해 있었다. 너무 배가 고픈 나머지 날뛰다가 멍청하게 냄새를 놓치고선, 이리저리 찾아 헤매다 다시 냄새를 찾아내곤 했다. 하지만 놈들은 꾸준히 쫓아오고 있었다.

노인은 돛을 단단히 고정시키고 키의 손잡이가 돌지 못하게 꼭 붙들어 매었다. 그런 다음 끝에 칼을 묶어 놓은 노를 집어 들었다. 두 손이 아파서 마음대로 움직이기 힘들었기 때문에 될 수 있으면 가볍게 들어 올렸다. 그러면서 뻣뻣해진 손이 풀어지도록 가볍게 쥐었다 펴기를 반복했다.

노인은 상어가 다가오는 모습을 지켜보며 이제 손이 아프건 말건 상관하지 않고 노를 꽉 움켜잡았다. 넓고 평평하며 삽 끝처럼 뾰족한 머리와 끝 부분이 하얀 가슴지느러미가 보였다. 삽날코 상어는 고약한 냄새를 풍기며 아무거나 닥치는 대로 잡아먹는, 심지어 썩은 고기까지 뜯어먹는 몹시 역겨운 놈들이었다. 배가 고플 때는 배에 달린 노나 키까지 가리지 않고 물어뜯었다. 또 바다거북이 수면에 떠서 잠을 잘 때 다리를 뜯어 먹기도 하고, 물속에 있다면 사람에게도 덤벼들었다. 사람에게서 피 냄새나 비린내가 나지 않아도 상관하지 않았다.

“아!”

노인이 다시 소리쳤다.

"이 갈라노 놈들아, 어서 덤벼라!"

그놈들이 왔다. 하지만 청상아리처럼 다가오지는 않았다. 한 놈은 슬쩍 방향을 바꿔 배 밑으로 들어가 모습을 감췄다. 그러다가 갑자기 물고기를 홱 밀치며 물어뜯는 바람에 배가 심하게 흔들렸다.

다른 한 놈은 누렇게 째진 눈으로 노인을 쳐다보았다. 그러더니 주둥이를 반원형으로 쩍 벌리고는 잡아 놓은 물고기에게 날쌔게 달려들어 이미 한 번 물어뜯긴 부위를 또 물어뜯었다. 노인의 눈에 갈색 정수리와 등 사이에 뚜렷한 선이 보였다. 뇌와 척수가 합쳐지는 부분이었다. 노인은 칼이 달린 노를 들어 올려 그 교차점을 찔렀다가 뺀 다음, 고양이 눈 같이 노린 상어의 눈을 다시 찔렀다. 그놈은 물고기에게서 떨어져 나갔지만, 죽어 가면서도 물어뜯은 살점을 삼키고 있었다.

다른 한 놈이 여전히 배 밑에서 물고기를 먹으려 달려드는 바람에 배가 계속 흔들리고 있었다. 그래서 노인은 돛을 풀어 버리고 배를 돌렸다. 배 밑에 숨은 놈을 나오게 하기 위해서였다. 상어가 보이자 그는 뱃전에 몸을 숙이고 그놈을 향해 칼을 내질렀다. 하지만 급소를 빗나가 두꺼운 살집만 찔렀을 뿐이었다. 가죽이 얼마나 단단한지 칼날이 아예 들어가지도 않았다. 너무 힘을 쓰는 바람에 손에 난 상처뿐만 아니라 어깨까지 아파 왔다.

상어가 머리를 내밀면서 위로 쑥 올라왔다. 노인은 상어가 물

밖으로 코를 내밀고 물고기에게 달려들 때 평평한 정수리 한가운데를 향해 똑바로 칼을 내리꽂았다. 그리고 칼을 빼낸 다음 똑같은 곳을 다시 찔렀다. 그래도 상어는 갈고리 같은 주둥이로 물고기를 물고 매달려 있었다. 하는 수 없이 노인은 그놈의 왼쪽 눈을 다시 찔렀다. 그래도 상어는 여전히 떨어지지 않았다.

"안 떨어져?"

노인은 이렇게 말하면서 척추와 뇌 사이에 칼을 꽂았다. 이번에는 칼이 쑥 하고 잘 들어갔다. 놈의 연골이 쪼개지는 느낌이 전해졌다. 노인은 노를 세워 잡은 다음 상어의 주둥이 사이로 납작한 부분을 밀어 넣어 입이 벌어지게 했다. 노를 한 바퀴 돌리자 겨우 상어가 물고기에게서 떨어져 나갔다. 그 모습을 보며 노인이 말했다.

"갈라노 놈아, 잘 가거라. 바다 깊이 가라앉아라. 가서 먼저 죽은 네 친구 놈이나 만나라. 아니, 어쩌면 그놈이 네 어미였는지도 모르지."

노인은 칼날을 씻은 뒤 노를 내려놓았다. 그런 다음 돛이 바람을 잘 받도록 올리고 본래 뱃길대로 배를 몰았다.

"저놈들이 사분의 일은 뜯어먹었을 거야. 그것도 가장 맛있는 부위로."

노인은 큰 소리로 말했다.

"이게 꿈이고 차라리 저 물고기가 잡히지 않았다면 좋았을 것을. 미안하다, 물고기야. 너를 잡는 바람에 모든 것이 엉망이 되어 버렸구나."

노인은 말을 멈추었다. 다시는 물고기를 쳐다보고 싶지 않았다. 많은 피를 흘리고 물보라에 씻긴 물고기는 은빛을 띠고 있었지만 줄무늬는 여전히 또렷했다.

"이렇게 멀리 나오는 게 아니었구나, 물고기야."

그가 말했다.

"너를 위해서나 나를 위해서나 멀리 나오는 게 아니었어. 미안하다, 물고기야."

이제 칼을 묶은 곳을 살펴보고 혹시 칼이 떨어져 나가지는 않을지 확인해야겠다고 노인은 중얼거렸다. 아직 할 일이 많으니 손도 마비되지 않도록 잘 풀어 줘야 했다.

"칼을 갈 숫돌이 있으면 좋을 텐데."

노의 밑동에 묶어 둔 칼을 살핀 뒤 노인이 말했다.

"숫돌을 가지고 올걸."

노인은 가지고 왔어야 하는 게 참 많기도 하다고 생각했다.

'하지만 가져오지 않았잖아, 늙은이. 지금은 없는 걸 생각할 때가 아니야. 지금 있는 것으로 무엇을 할 수 있는지 생각하라고!'

"좋은 충고를 참 많이도 해 주네!"

노인은 자기 자신을 향해 소리쳤다.

"충고를 듣는 것도 이제 지쳤어."

그는 키의 손잡이를 팔 안쪽에 끼고는 배가 앞으로 똑바로 나아가는 동안 두 손을 바닷물에 담갔다.

"마지막 놈이 얼마나 뜯어먹었는지는 하느님만 아시겠지. 어쨌든 배는 훨씬 가벼워졌군."

노인이 말했다.

그는 뜯겨 나간 물고기의 아랫부분은 생각하고 싶지도 않았다. 하지만 상어가 물고기를 물어뜯을 때마다 냄새가 퍼져 나가, 마치 고속도로처럼 뻥 뚫린 바다 구석구석에서 피 냄새를 맡은 상어들이 몰려오리라는 것을 알고 있었다.

'저 정도 고기면 한 사람을 겨우내 먹여 살릴 수 있을 텐데.'

노인은 생각했다.

'그런 생각은 하지 말자. 그저 쉬면서 남은 고기를 지킬 수 있도록 손이나 잘 돌보기로 하자. 지금쯤 바다에는 온통 피 냄새가 퍼졌을 테니 내 손에서 나는 피 냄새쯤은 아무것도 아니야. 손이 좀 찢어졌다고 문제 될 건 없어. 피를 흘렸으니 왼손에 쥐가 나는 일은 없겠군.'

노인은 계속 생각했다.

'그렇다면 이제 무슨 생각을 한담? 아니, 아무 생각도 하지 말자. 아무 생각도 하지 말고 다음 놈이 오기를 기다리자. 이게 모두 꿈이라면 정말 좋을 텐데. 그렇지만 혹시 이제부터 일이 잘

풀릴지 또 누가 알겠어?'

그다음에 쫓아온 상어는 삽날코 상어 한 마리였다. 놈은 마치 먹이통에 달려드는 돼지처럼 덤벼들었다. 돼지 입이 그렇게 크다면 아마 사람 머리도 들어갈 것이다.

노인은 상어가 물고기를 물어뜯는 동안 노에 달린 칼로 그놈의 머리를 찔렀다. 그러나 상어가 몸부림을 치며 뒤로 물러나는 바람에 칼날이 그만 툭 부러지고 말았다. 노인은 주저앉아 키를 잡았다. 그는 큰 상어가 천천히 물속으로 가라앉으며 점점 작아지는 모습을 지켜보지 않았다. 평상시 같았으면 상어가 죽어 가는 모습을 보면서 쾌감을 느꼈겠지만, 이번에는 눈길도 주지 않았다.

"아직 갈고리가 님이 있어."

노인이 말했다.

"하지만 갈고리는 별 쓸모가 없을 거야. 그래도 노 두 개와 키, 작은 몽둥이가 있지."

노인은 자신이 결국 그놈들한테 지고 말았다고 생각했다.

'상어를 몽둥이로 때려잡기엔 내가 너무 늙었어. 그래도 노도 있고 키도 있고 몽둥이도 있으니 할 수 있는 데까지 해 보자.'

그는 다시 손을 바닷물에 담갔다. 날이 거의 저물어서 바다와 하늘 말고는 아무것도 보이지 않았다. 바람이 더 거세진 것으로 보아 얼마 안 있으면 육지가 보일 듯했다.

"너는 지쳤어, 늙은이!"

그가 중얼거렸다.

"뼛속까지 완전히 지쳤다고."

해가 넘어가기 직전에 상어들이 다시 공격해 왔다. 노인은 물고기가 물속에 남긴 흔적을 따라 쫓아오는 상어들을 보았다. 그놈들은 이리저리 냄새를 찾아 헤매지도 않고 나란히 헤엄치면서 배를 향해 곧장 달려들었다.

그는 키가 움직이지 않게 꼭 붙들어 매고 돛을 단단히 잡아 묶은 다음 고물 밑에 있던 몽둥이를 집어 들었다. 부러진 노를 톱으로 잘라 만든 몽둥이였는데 길이가 팔십 센티미터쯤 되었다. 노의 손잡이 부분을 몽둥이로 만들었기 때문에 한 손으로 잡아야만 편했다. 노인은 천천히 손의 근육을 풀고는 몽둥이를 단단히 움켜쥐고 상어가 덤비는 모습을 지켜보았다.

둘 다 갈라노 상어였다.

노인은 먼저 첫 번째 놈이 물고기를 실컷 물어뜯게 한 다음 콧등이나 정수리를 정확하게 후려갈겨야겠다고 생각했다.

두 놈이 동시에 접근해 왔다. 더 가까이 있는 놈이 주둥이를 쫙 벌리고 물고기의 은빛 몸통을 물어뜯는 것을 보면서 노인은 몽둥이를 높이 치켜들었다. 그리고 상어의 넓적한 머리 한가운데 정수리 부분을 힘껏 내리쳤다. 몽둥이로 내리치는 순간, 단단한 고무에 부딪치는 느낌이 들었다. 동시에 뼈처럼 딱딱한 느낌도 전해져 왔다. 상어가 물고기에서 떨어져 나가는 순간, 그는 다시 몽둥이로 상어 콧등을 호되게 후려쳤다.

나머지 한 놈은 물속에서 보이다 말다 하더니 주둥이를 쫙 벌리고 덤벼들었다. 그놈이 물고기에게서 떨어지며 주둥이를 다물었을 때, 주둥이 구석에 걸려 있는 물고기의 하얀 살점이 보였다. 다시 달려드는 놈의 정수리를 노리고 몽둥이로 후려쳤지만, 상어는 노인을 힐끗 쳐다보고는 계속 살점을 비틀어 뜯으려고 했다. 상어가 물어뜯은 살점을 삼키려고 잠시 물러나는 사이 다시 몽둥이로 내리갈겼지만, 고무처럼 묵직하고 단단한 부분을 쳤을 뿐이었다.

"덤벼라, 갈라노!"

노인이 외쳤다.

"다시 덤벼 봐!"

상어는 무섭게 덤벼들었고, 노인은 그놈이 물고기를 물어뜯는 순간 다시 후려갈겼다. 그는 되도록 몽둥이를 높이 치켜들고 있는 힘껏 내리쳤다. 이번에는 뒤통수에 있는 뼈에 맞은 것 같았다. 노인은 상어가 살점을 천천히 물어뜯고 떨어져 나갈 때, 같은 곳을 다시 후려갈겼다. 그는 상어가 다시 덤비기를 기다렸지만 두 놈 다 보이지 않았다. 그러다 한 놈이 수면 부근에서 맴도는 모습을 보았다. 나머지 한 놈은 지느러미도 보이지 않았다.

'저놈들을 죽일 수 있으리라곤 기대도 하지 않았어. 물론 한창

때라면 벌써 끝냈을 거야. 하지만 두 놈 다 흠씬 두들겨 주었으
니 온전하지는 못하겠지. 몽둥이를 두 손으로 잡을 수만 있다면
첫 번째 놈은 벌써 죽였을 텐데. 두 손을 쓸 수 있다면 지금이라
도 해치울 수 있으련만.'

노인은 물고기를 쳐다보고 싶지 않았다. 절반은 너끈히 뜯겨
나갔을 것이 틀림없었다. 상어들과 싸우는 사이, 날은 이미 저물
었다.

"곧 어두워지겠는걸."

그가 말했다.

"그러면 아바나 항의 불빛이 보일 거야. 동쪽으로 멀리 왔다
해도 낯선 해안의 불빛이 보이겠지."

하지만 그렇게 멀리 왔을 리는 없다는 생각이 들었다.

'나 때문에 걱정하는 사람이 없었으면 좋겠는데. 당연히 그 애
는 걱정하겠지. 하지만 그 애는 분명히 나를 믿고 있을 거야. 나
이 든 어부들은 대부분 걱정할 테고. 그 밖에도 걱정하는 사람
들이 꽤 많을 거야. 나는 참 좋은 동네에 살고 있어.'

노인은 처참하게 뜯긴 물고기에게 더 이상 말을 걸고 싶지 않
았다. 그때 문득 이런 생각이 떠올랐다.

"반쪽짜리 물고기야."

노인이 물고기에게 말했다.

"온전한 물고기였는데, 너무 멀리 나와서 미안하구나. 내가 우

리 둘을 다 망쳤어. 그래도 너와 나 둘이서 많은 상어를 죽이고, 또 많은 놈들에게 치명상을 안겨 주었잖니? 물고기야, 너는 다른 고기를 몇 마리나 죽여 봤니? 주둥이에 달린 그 뾰족한 창을 그냥 장식으로 달고 있지만은 않았을 테지?"

노인은 만약 이 물고기가 마음대로 헤엄칠 수 있다면 상어와 어떻게 싸울지 생각해 보았다. 무척이나 즐거운 상상이었다.

'물고기 주둥이를 잘라서 상어와 싸워 보는 건데. 하지만 손도끼도 없고, 이제는 칼도 없어. 그런 게 있으면 물고기 주둥이를 노 밑동에 붙들어 맬 수 있고, 그러면 훌륭한 무기가 될 텐데. 그럼 나의 물고기가 힘을 합쳐 싸우는 거나 마찬가지일 거야. 그 놈들이 밤에 또 덤벼들면 어떡하지? 그때는 정말 어떻게 하지?'

"싸워야지!"

노인은 스스로에게 다짐하듯 말했다.

"죽을 때까지 싸우는 거야."

이제 날이 어두워져 노을도 보이지 않았고, 불빛 하나 보이지 않았다. 바람만 계속 부는 가운데 잔뜩 부푼 돛이 배를 끌고 나아갔다. 노인은 이미 자신이 죽은 건지도 모른다는 생각이 들었다. 그는 두 손을 맞대고 손바닥을 비벼 보았다. 손은 살아 있었다. 단순히 손가락을 오므렸다 폈다 하는 것만으로도 살아 있는 고통을 느낄 수 있었다. 그는 고물에 등을 기대어 보고는 자기가 죽지 않았다는 걸 확실히 알았다. 뻐근한 양쪽 어깨가 그 사실을 다시금 가르쳐 주고 있었다.

'물고기를 잡기만 하면 얼마든지 기도를 드리겠다고 약속했
었지.'

그는 자신이 했던 약속을 떠올렸다.

'이제는 지쳐서 기도할 힘도 없구나. 자루를 어깨에 두르는 편
이 낫겠다.'

그는 고물에 누운 채 키를 잡고 항구의 불빛으로 하늘이 훤해
지기만을 기다렸다. 그래도 아직 물고기 반쪽이 남아 있었다.

'운이 좋으면 앞부분 반쪽만이라도 가져갈 수 있을 텐데. 운이
따라 줘야 해. 아니, 너무 멀리 나오는 바람에 행운을 이미 버린
건지도 몰라.'

노인은 생각을 멈추고 갑자기 큰 소리로 말했다.

"바보 같은 생각은 집어치우자. 정신 차리고 키나 잘 잡아. 아
직 행운이 따를지도 몰라. 행운을 파는 곳이 있다면 사고 싶군."

그는 말을 하다가 다시 마음속으로 자신에게 물었다.

'하지만 무엇을 주고 행운을 산담? 작살도 잃어버리고 칼도
부러지고 남은 거라곤 피투성이가 된 두 손밖에 없는데, 무엇으
로 행운을 살 수 있단 말이야?'

"살 수 있어."

노인은 다시 힘 있는 목소리로 말했다.

"팔십사 일 동안 바다에 쏟아부은 고생으로 이미 행운을 사려

고 했잖아. 그리고 하늘도 거의 팔려는 기세였고."

노인은 터무니없는 생각은 집어치워야겠다고 생각했다.

'행운이 어떤 모습으로 찾아올지 누가 알겠어? 어떤 모습이건 어떤 대가를 치르건 그것을 잡고 싶어. 이제는 불빛이 좀 보이면 좋겠는데. 바라는 게 많기도 하네. 어쨌건 내가 지금 원하는 건 불빛이야.'

노인은 좀 더 편한 자세로 키를 잡으려고 애썼다. 여기저기 아프지 않은 데가 없는 것으로 보아 죽지 않았다는 건 확실했다.

항구의 불빛이 캄캄한 하늘에 어렴풋이 비쳤다. 노인은 그 불빛을 보고 열 시쯤 되었다는 것을 알았다. 처음에는 달이 뜨기 전에 보이는 희미한 빛처럼 겨우 알아볼 수 있을 정도였다. 그러다가 바람이 거세지면서 풍랑이 이는 바다 너머로 환한 불빛이 보이기 시작했다. 그는 불빛을 향해 배를 몰면서 이제 곧 멕시코 만류의 끝자락에 다다를 거라고 생각했다.

'이제 끝장났군. 분명히 상어라는 놈들이 또 덤벼들 텐데. 늙은이, 다시 공격을 받으면 이 컴컴한 바다에서 무기도 없이 어떻게 할 셈이냐?'

노인은 온몸이 뻣뻣하고 여기저기가 쑤셨다. 근육을 많이 쓴 곳과 상처가 난 곳에 차가운 밤공기가 닿자 아프고 쓰라렸다. 싸울 일이 더는 없었으면 좋겠다고 생각했다.

'정말이지 다시는 싸우고 싶지 않아.'

하지만 한밤중에 노인은 또 싸워야만 했다. 이번에는 싸워 봤자 소용이 없다는 것을 잘 알고 있었다. 상어는 떼를 지어 몰려왔다. 보이는 것이라고는 물 위로 솟은 지느러미와 물고기를 물어뜯으려고 달려들 때 번쩍이는 인광뿐이었다. 노인은 상어 주둥이가 물고기를 물어뜯는 소리를 들으며 몽둥이로 상어의 머리를 내리쳤다. 상어가 배 밑에서 물고기를 덮칠 때는 배가 요동을 쳤다. 노인은 그저 육감에만 의존해서 소리가 나는 쪽을 향해 필사적으로 몽둥이를 휘둘렀다. 그러나 뭔가가 몽둥이를 잡아당기는 느낌을 받았고, 결국은 몽둥이마저 잃어버리고 말았다.

노인은 키에서 손잡이를 떼어 내 두 손으로 꽉 잡고 닥치는 대로 후려갈기고 내리찍기를 반복했다. 그렇지만 놈들은 이제 뱃머리 쪽으로 몰려와 한 놈씩 차례로 달려들기도 하고, 여럿이 한꺼번에 덤비기도 하면서 물고기를 마구 물어뜯었다. 놈들이 또다시 덤벼들 때 보니 바닷물 속에서 하얗게 빛나는 살점이 보였다.

마지막으로 한 놈이 물고기의 머리를 향해 달려들었다. 노인은 이제 모든 것이 끝났다는 것을 알았다. 마지막 놈의 턱이 잘 뜯겨지지 않는 단단하고 무거운 물고기의 머리에 걸려 있었다.

노인은 키 손잡이로 상어의 머리를 후려갈겼다. 그는 한두 번에 그치지 않고 계속 내리쳤다. 그러다 키 손잡이가 부러지는 소리가 들리자, 그는 부러진 부분으로 상어를 찔렀다. 푹 들어가는 느낌이 들었다. 노인은 부러진 부분이 날카롭다는 사실을 알아차리고 다시 찔렀다. 상어는 물었던 것을 놓고는 몸을 뒤틀면서 물러났다. 떼로 몰려와 덤벼든 상어 중 마지막 놈이었다. 이제는 더 뜯어먹을 게 남아 있지 않았다.

노인은 이제 숨쉬기조차 어려웠다. 그런데 입안에서 이상한 맛이 느껴졌다. 구리 맛이 나는 뭔가가 달콤하기까지 해서 더럭 겁이 났다. 하지만 심각하진 않은 것 같았다.

노인은 바다로 침을 뱉으며 말했다.

"이거나 먹어라, 갈라노 놈들아. 그리고 사람 하나 죽였다는 꿈이나 꾸어라."

노인은 자신이 마침내 돌이킬 수 없을 만큼 패배했다고 생각했다. 그는 배 뒤쪽으로 가서 부러진 키 손잡이를 키 구멍에 맞춰 보았다. 그런대로 방향은 잡을 수 있을 것 같았다. 그는 자루를 어깨 위에 둘러쓰고 배의 방향을 바로잡았다.

이제 배는 가볍게 나아갔다. 노인은 더 이상 아무 생각도, 아무 느낌도 없었다. 그는 모든 것을 초월한 상태로, 가능한 한 안전하게 항구로 돌아갈 수 있도록 배를 잘 모는 일만 생각했다.

마치 식탁 밑에 흘린 빵 부스러기를 주워 먹으려는 사람처럼, 밤중에 상어 떼가 물고기의 남은 부분을 노리고 다시 덤벼들었다. 그래도 노인은 아무런 관심도 갖지 않았다. 배를 모는 일 말고는 그 어떤 것에도 신경 쓰지 않았다.

그는 옆에 매달았던 엄청난 무게가 사라진 지금, 배가 얼마나 가볍게 잘 달리는지에만 주목했다.

'배는 무사해.'

배는 부러진 키 손잡이를 빼면 상한 데 없이 말짱했다. 키야 쉽게 갈아 끼울 수 있었다.

노인은 이제 배가 조류 안쪽으로 들어왔다는 것을 알 수 있었다. 해안선을 따라 이어진 마을의 불빛도 보였다. 지금 배가 떠 있는 곳이 어디인지 잘 알고 있었고, 집으로 돌아가는 일은 문제도 아니었다.

'어쨌든 바람은 우리의 친구야.'

노인은 이렇게 생각하며, 그 뒤에 '때로는'이라고 덧붙였다.

'넓은 바다에는 친구도 있고 적도 있어. 그리고 침대. 침대야말로 내 친구지. 침대뿐이야. 침대는 위대한 거라고. 내가 지치고 힘들 때 편하게 쉴 수 있게 해 주잖아. 침대가 그렇게 편한 줄은 몰랐지. 그런데 뭐가 날 패배시킨 거지?'

"아무것도 아니야."

그가 큰 소리로 말했다.

"그저 멀리 나간 게 문제였지."

노인이 작은 항구로 배를 몰고 들어왔을 때, 테라스 주점의 불빛은 벌써 꺼져 있었다. 모두 잠들어 있을 시각이었다. 약하게

불던 바람이 어느새 강풍으로 변했다. 그래도 항구 안은 잠잠했
다. 그는 바위 아래 작은 자갈밭으로 배를 몰았다. 도와주는 사
람이 아무도 없었기 때문에 배를 될 수 있는 한 육지 쪽 가까이
갖다 댔다. 그러고는 배를 바위에 묶었다.

제 10 장
사자 꿈을 꾸는 노인

노인은 돛을 푼 뒤 접어서 묶었다. 그러고 나서 돛대를 어깨에 둘러메고 언덕을 올라가기 시작했다. 그는 그제야 비로소 자기가 얼마나 기진맥진해 있는지 알 수 있었다. 그는 잠시 걸음을 멈추고 돌아서서 배 뒤쪽으로 높이 솟구친 물고기의 거대한 꼬리가 불빛에 반사되는 광경을 바라보았다. 살이라고는 하나 없이 등뼈를 따라 굴곡진 하얀 선과 뾰족하게 튀어나온 주둥이가 달린 시커먼 머리통, 그리고 앙상하게 뼈만 남은 몸통이 보였다.

다시 언덕을 오르던 노인은 언덕배기에서 한 번 넘어졌다. 그는 돛대를 어깨에 멘 채로 한동안 누워 있었다. 노인은 일어나려고 애를 썼지만, 너무 지친 나머지 돛대를 어깨에 걸친 채 그대로 잠시 앉아서 길 쪽을 바라봤다. 고양이 한 마리가 길을 가로질러 갔다. 노인은 그 모습을 물끄러미 쳐다보고만 있었다. 고양이가 사라진 뒤에도 멍하니 길만 내려다보았다.

마침내 노인은 돛대를 내려놓고 일어섰다. 그리고 돛대를 다시 어깨에 둘러멘 다음 길을 따라 걸어갔다. 그는 오두막에 이를 때까지 다섯 번이나 길바닥에 앉아 쉬어야 했다.

오두막에 들어서자 노인은 돛대를 벽에 기대 세웠다. 그리고 어둠 속에서 물을 찾아 한 모금 마신 뒤 침대에 누웠다. 노인은 담요를 어깨에 두르고 등과 다리까지 감싼 다음 두 팔을 쭉 펴고 엎드렸디. 그렇게 노인은 침대에 깔린 신문지에 얼굴을 파묻은 채 잠이 들었다.

아침에 소년이 문 앞에서 안을 들여다보니 노인은 아직 잠들어 있었다. 바람이 거세져서 배가 바다로 나갈 수 없었기 때문에 늦잠을 잔 소년은 매일 아침 습관대로 노인의 오두막에 와 보았던 것이다. 소년은 노인이 숨을 쉬는지 살펴보고 나서, 노인의 두 손을 보고는 그만 울음을 터뜨렸다. 소년은 커피를 가져오기 위해 조용히 밖으로 나갔다. 소년은 언덕길을 내려가는 내내 울었다.

어부들이 노인의 조각배 주변을 둘러싸고 배 옆에 묶여 있는 걸 살펴보고 있었다. 어떤 사람은 바지를 걷어붙이고 물속으로 들어가 뼈만 남은 물고기의 길이를 재고 있었다.

소년은 그쪽으로 내려가지 않았다. 이미 내려가 봤기 때문이었다. 어부 한 사람이 노인을 위해 배의 뒤처리를 하고 있었다.

"노인장은 어떠시냐?"

누군가 큰 소리로 물었다.

"주무세요."

소년이 크게 대답했다. 울고 있는 모습을 사람들이 보든 말든 신경 쓰지 않았다.

"아무도 깨우지 마세요."

"코에서 꼬리까지 길이가 오백오십 센티미터야."

길이를 잰 어부가 소년에게 외쳤다.

"그 정도는 되겠죠."

소년은 대꾸하고 나서 테라스 주점으로 들어가 커피를 주문했다.

"뜨거운 걸로 우유와 설탕을 잔뜩 넣어 주세요."

"더 필요한 건 없니?"

"지금은 없어요. 나중에 깨어나시면 뭘 드실 수 있는지 여쭤 볼게요."

"정말 엄청난 물고기야."

주인이 말했다.

"지금까지 그런 물고기는 본 적이 없어. 네가 어제 잡은 두 마리도 훌륭하긴 하지만."

“그까짓 물고기.”

소년은 이렇게 말하면서 다시 울기 시작했다.

“마실 건 더 필요 없니?”

주인이 물었다.

“없어요.”

소년이 대답했다.

“사람들한테 할아버지를 깨우지 말라고 좀 전해 주세요.”

“알았다. 내가 걱정하더라고 전해 주렴.”

“고마워요.”

소년이 말했다.

소년은 뜨거운 커피를 들고 오두막으로 올라가서 노인이 잠에서 깰 때까지 곁에 앉아 기다렸다. 노인은 한 번 깨는 것 같더니 다시 깊은 잠에 빠졌다. 소년은 길 건너편에서 커피를 데울 땔감을 구해 왔다.

드디어 노인이 잠에서 깨어났다.

“일어나지 마세요.”

소년이 말했다.

“이거 드세요.”

소년은 유리잔에 커피를 따르자, 노인이 잔을 들어 커피를 마셨다.

“마놀린, 내가 그놈들한테 지고 말았단다.”

노인이 말했다.

"내가 완전히 졌어."

"그래도 그 물고기한테 진 건 아니잖아요. 물고기는 잡았으니까요."

"그건 그래. 진 건 그다음이지."

"페드리코 아저씨가 배와 낚시 도구를 돌보고 있어요. 물고기 머리는 어떻게 하실 거예요?"

"페드리코한테 잘라서 물고기 덫으로나 쓰라고 하지, 뭐."

"창처럼 긴 주둥이는요?"

"갖고 싶으면 네가 가져라."

"네, 갖고 싶어요."

소년이 말했다.

"이제 다른 할 일을 생각해 봐요."

"사람들이 나를 찾았니?"

"당연하죠. 해안 경비선과 비행기까지 동원했는걸요."

"바다는 넓고 배는 작으니 찾기가 힘들지."

노인이 말했다.

노인은 자기 자신과 바다만을 상대로 이야기하다가 다른 사람과 이야기를 나누니 말할 수 없이 즐거웠다.

"네가 보고 싶었단다."

노인이 말했다.

"너는 얼마나 잡았니?"

"첫날 한 마리 잡았고요, 둘째 날에 또 한 마리, 그리고 셋째 날 두 마리를 잡았어요."

"거, 잘했구나."

"이제 할아버지하고 같이 잡을 거예요."

"아니다. 나는 운이 없어. 이제 더 이상 운이 따라 주지를 않아."

"그까짓 운이 다 무슨 소용이에요?"

소년이 말했다.

"운은 제가 가져갈게요."

"부모님이 뭐라고 하시겠니?"

"상관없어요. 어제 두 마리 잡기는 했지만, 저는 아직 배울 게 많으니까 할아버지를 따라갈 거예요."

"쓸 만한 작살을 하나 장만해서 항상 가지고 다녀야겠더구나. 창날은 낡은 포드 자동차의 스프링 조각으로 만들 수 있을 거야. 날은 과나바코아에서 갈면 돼. 뾰족하게 만들고, 담금질은 하지 말아야겠더라. 너무 쉽게 부러질 거야. 내 칼은 부러져 버렸다."

"다른 칼을 하나 구해 드릴게요. 스프링도 갈아 오고요. 이 폭풍이 며칠이나 갈까요?"

"아마 사흘은 가겠지. 하루 이틀 더 갈 수도 있고."

“준비는 제가 다 할게요.”

소년이 말했다.

“할아버지는 어서 손이나 치료하세요. 아셨죠?”

“알았다. 어떻게 하면 손이 낫는지 잘 알고 있지. 그런데 밤에 이상한 걸 뱉었는데, 가슴에 구멍이 난 것 같기도 하고 좀 이상하구나.”

“그럼 가슴도 잘 돌보시고요.”

소년이 말했다.

“할아버지, 그만 누워서 쉬세요. 갈아입을 옷과 먹을 것을 좀 가져올게요.”

“내가 없는 동안 나온 신문 있으면 아무거나 가져다주렴.”

노인이 말했다.

“빨리 몸이 나으셔야 해요. 제가 배울 것도 많고, 저한테 가르쳐 주실 것도 많잖아요. 고생 많으셨죠?”

“말도 마라.”

노인이 대답했다.

“음식이랑 신문 가져올게요.”

소년이 말했다.

“할아버지, 푹 쉬세요. 약국에 가서 손에 바를 약도 구해 올게요.”

“잊지 말고 페드리코한테 물고기 머리 꼭 가져가라고 전해 다오.”

“네, 꼭 전할게요.”

문밖으로 나간 소년은 닳고 닳은 산호 바위 길을 내려가면서 또 울었다.

그날 오후 관광객 한 무리가 테라스 주점을 찾았다. 그들은 빈 맥주 캔과 죽은 창꼬치 물고기 사이로 바다를 내려다보았다. 동쪽에서 바람이 불어 항구 쪽으로 파도가 끊임없이 밀려오고 있었다. 여자 관광객 한 명이 파도 끝자락에서 흔들리는 거대한 꼬리와 기다랗고 하얀 물고기의 뼈를 발견했다. 커다란 물고기의 긴 뼈대는 바다의 쓰레기가 되어 물결에 쓸려 가기만을 기다리는 것처럼 보였다.

“저게 뭐죠?”

여자가 그 커다란 물고기의 등뼈를 가리키며 종업원에게 물었다.

“티뷰론입니다.”

종업원이 대답했다.

“상어 같은 거예요.”

그는 물고기 뼈가 그 자리에 있게 된 자초지종을 설명하느라 애를 썼다.

“상어가 저렇게 멋지고 아름다운 꼬리를 갖고 있는 줄은 몰랐네요.”

“나도 몰랐어.”

같이 온 남자가 말했다.

언덕 위쪽 오두막에서 노인은 다시 잠이 들었다. 그는 여전히 엎드린 채 잠을 자고 있었고, 소년이 곁에 앉아 노인을 바라보고 있었다. 노인은 사자 꿈을 꾸고 있었다.

지극히 인간적인,
그래서 가장 장엄한
휴머니즘을 외치다

전종옥 _ 현재 서울 양서중학교 교장

광활한 바다에 비춘 인간의 본질

찌는 듯 무더운 7월 초의 어느 날, 해질 무렵이었다. 한 청년이 K다리를 향해 천천히 걷고 있었다. 오늘은 다행히도 집에서 나올 때 주인아주머니와 마주치지 않았다. 오층 꼭대기 다락방에서 거리로 나서려면 문이 활짝 열려 있는 주인집 부엌 옆 계단을 지나가야 했다. 그때마다 그는 두려움을 느끼곤 했다. 방세가 밀려 있어서 주인아주머니와 마주칠까 봐 겁이 났던 것이다.

도스토옙스키의 소설 《죄와 벌》의 무대인 상트페테르부르크라는 도시의 풍경이다. 하나만 더 보자. 이번엔 김유정의 《동백꽃》이다.

오늘도 또 우리 수탉이 막 쪼이었다. 내가 점심을 먹고 나무를 하러 갈 양으로 나올 때였다. 산으로 올라서려니까 등 뒤에서 푸드덕푸드덕하고 닭의 횃소리가 야단이다. 깜짝 놀라며 고개를 돌려 보니 아니나 다르랴 두 놈이 또 얼리었다.

《동백꽃》의 삽화. 이야기 속 배경이 농촌임을 잘 보여 준다.

소설엔 다양한 공간이 배경으로 펼쳐진다. 《동백꽃》이나 심훈의 《상록수》처럼 농촌을 배경으로 하는 소설이 있는가 하면, 《죄와 벌》이나 찰스 디킨즈의 《올리버 트위스트》처럼 도시를 배경으로 하는 작품이 있다.

소설의 배경은 작품의 주제 형성과 밀접한 관련을 맺고 있다. 심지어 소설의 배경은 어떤 인물이 작품에 등장할지, 어떤 사건이 벌어질지를 규정하

기도 한다. 예를 들어《죄와
벌》의 배경인 상트페테르
부르크는 5층 다락방에 사
는 가난한 대학생 라스콜
리니코프와 전당포 노파 이
바노브나 같은 인물을 낳는
다. 나아가 주인공 라스콜리
니코프가 전당포 노파를 살
해하고 나서, 그것을 정당한

도스토옙스키의 방이 있던 아파트. 도스토옙스키는《죄와 벌》을 집필할 때, 대도시 상트페테르부르크의 아파트 방에서 거리를 내려다보며 관찰했다고 한다.

행위로 합리화하는 과정도 대도시라는 배경이 있기에 가능한 전
개다.

그럼 작품의 배경이 바다면 어떨까? 흔히, 바다를 배경으로 쓴
소설을 해양 소설(海洋小說)이라고 한다. 어니스트 헤밍웨이의
《노인과 바다》도 여기에 속한다. 해양 소설의 배경이 되는 바다
는 주로 '사람들에게 두려움을 주는 거대한 힘을 지닌 자연'이라
는 점에 초점이 맞춰지곤 한다. 또 미지의 세계에 대한 모험심과
호기심을 자극하는 상징이 되기도 하고, 바다에서의 삶을 끝없
는 항해의 연속에 비유하며 사람의 인생과 연관 짓기도 한다.

그렇다면 헤밍웨이에게 퓰리처상과 노벨문학상을 안겨 준
《노인과 바다》에서 바다는 어떤 의미를 지니고 있을까?

잔잔한 물결은 예로부터 얼굴을 비추는 거울 역할을 해 왔다.
그리스 신화의 나르키소스가 호수에 비친 자신의 얼굴을 보고 반
할 수 있었던 것도 물의 역할이었다. 하지만 이건 호수와 같이 간
힌 물이 하는 역할이다. 바다는 아무리 잔잔하더라도 파도가 치
는 변화무쌍함 때문에 거울 역할을 하기 힘들다. 조각배를 타고
먼 바다로 나간 사람이 바다에 얼굴을 비춰 본다는 건 불가능에

가깝다. 대신 사람들은 광활한 바다와 맞닥뜨리게 되면, 자신의 외양이 아닌 내면을 들여다보게 된다. 거칠고, 외롭고, 막막하며, 두려움을 주는 바다. 바다는 곧 '내면을 비추는 거울'인 셈이다.

바다를 생활 공간으로 삼아 살아가는 뱃사람인 노인은 이것을 한평생 몸으로 겪어 온 인물이다. 따라서 독자들은 '바다'라는 거울을 통해, 노인으로 대표되는 '인간'의 본질을 깊은 곳까지 들여다보게 된다.

바다 한복판에서 인간의 존엄을 외치다

노인은 멕시코 만류에서 조각배를 타고 혼자 고기잡이를 하는 어부다. 그의 이름은 산티아고. 그는 84일 동안이나 물고기를 잡지 못했다.

처음엔 그를 영웅처럼 따르며 존경하는 마놀린이라는 소년과 함께였다. 그러나 물고기를 잡지 못하는 날이 계속되자, 소년의 집에서는 노인의 운이 다했다며 그와 같은 배를 타는 것을 반대한다. 그래서 같은 배를 타진 못하지만, 소년은 노인의 낚시 도구를 옮겨 주고 미끼를 챙겨 주는 등 친밀한 관계를 유지한다.

85일째 되는 날, 노인은 물고기를 잡을 수 있다는 확신을 갖고 먼 바다로 배를 몰아간다. 하염없이 대양을 누비다가 그는 좋은 징조를 발견하고는 낚싯줄을 던졌고, 곧 어마어마하게 큰 물고기가 걸려든다.

노인은 왼손에는 쥐가 나고, 손바닥은 낚싯줄에 상처를 입은 상태로 큰 물고기와 밤낮을 가리지 않고 이틀 동안 실랑이를 한다. 배고픔을 이겨 내기 위해 날치와 다랑어를 잡아먹고, 외로움

을 이겨 내기 위해 물고기, 휘파
람새와 별, 그리고 자기 자신과
끊임없이 대화를 나누며 버텨
나간다. 노인은 이틀간의 힘겨
운 싸움 끝에 마침내 자신이 탄
배보다도 더 큰 청새치를 잡는
데 성공하고, 물고기를 배 옆에
나란히 묶은 채 집으로 돌아가
는 닻을 올린다.

작품 속 산티아고의 실제 모델로 알려진 그레고리오 푸엔테스의 모습. 그러나 실제 모델이 누구인지에 대한 의견은 아직도 분분하다.

잡은 물고기를 팔아서 얻을
소득과 환히 반겨 줄 소년의 표정을 기대하면서 항구로 돌아오
던 그에게 새로운 시련이 찾아온다. 그 시련은 다름 아닌 청새치
의 피 냄새를 맡은 상어의 공격이었다. 죽기 살기로 달려드는 상
어들에 맞서 작살과 몽둥이를 휘두르고, 심지어는 칼을 부러뜨
려가면서 싸우지만, 본능의 힘에 이끌려 달려드는 상어들의 지
속적인 공격에는 당해 낼 재간이 없다. 결국, 산티아고는 자신이
떠났던 항구에 도착하기 전에 어렵게 잡은 물고기를 고스란히
상어 떼에 넘겨주고 만다.

노인의 배가 항구에 들어오자 사람들은 유일하게 남아 있는
거대한 청새치의 머리와 등뼈를 구경한다. 하지만 노인은 온몸
의 기력을 잃었음은 물론, 패배감으로 마음에도 깊은 상처를 입
었다. 노인은 돛대를 오두막까지 간신히 옮겨 놓고는 깊은 잠에
빠진다.

이튿날, 소년이 노인의 오두막에 커피를 챙겨 찾아온다. 그러
고는 이제부터 자신과 같이 고기잡이를 나가자고 한다. 커다란
뼈만 남은 청새치는 상어 취급을 받으며 관광객의 구경거리가

쿠바 아바나 항구에서 청새치와 함께 포즈를 취하는 선원들의 모습. 제일 오른쪽이 헤밍웨이.

되지만, 함께 고기잡이를 나갈 준비를 해 놓겠다는 소년의 말에 희망을 갖게 된 노인은 다시 사자 꿈에 빠져든다.

이 작품엔 헤밍웨이 특유의 간결한 문체와 인생철학이 짧은 분량 안에 집약되어 있는데, "인간은 파멸할 수는 있어도, 패배하지는 않아."라는 산티아고의 말 속에 주제가 잘 드러난다. 인간은 유한한 존재이기 때문에 언젠가는 죽게 되겠지만, 용기와 집념으로 끊임없이 죽음과 대결하는 데서 인간의 존엄성을 발견할 수 있다는 메세지를 전달하는 것이다.

그렇다면 헤밍웨이는 어떤 방법으로 독자들에게 메시지를 전달하고 있을까?

담담하고 간결하게 전하는 강렬한 메시지

헤밍웨이의 이전 작품들은 소설 속 배경에 있어서 《노인과 바다》와 명확하게 구별된다. 전쟁에 대한 환멸로 삶의 방향을 상실한 젊은 세대의 모습을 다룬 《해는 또다시 떠오른다》, 제1차 세계 대전의 포화 속에서 미국인 장교와 영국인 간호사의 사랑이 펼쳐지는 《무기여 잘 있거라》, 스페인 내전을 배경으로 미국인 장교와 스페인 아가씨의 사랑이 펼쳐지는 《누구를 위하여 종은 울리나》처럼 늘 격렬한 시대의 물결 속으로 독자들을 손짓해 왔

헤밍웨이를 구원한 《노인과 바다》

《노인과 바다》는 20세기 미국 문학을 개척한 작가 헤밍웨이의 대표작이자 그의 생전 마지막 작품이다. 1952년에 발표되었는데, 헤밍웨이에게 미국에서 가장 권위 있는 보도·문학·음악상으로 인정받는 퓰리처상과 세계적으로 가장 뛰어난 작가에게 주어지는 노벨문학상의 영예를 한꺼번에 안겨 주었다. 처음엔 시사 주간지 《라이프》에 발표되었다가, 엄청난 인기를 끌자 곧바로 단행본으로 출간되었다.

쿠바 핑카 비히아의 헤밍웨이. 자신의 초상화 앞에 서 있다. 《노인과 바다》를 출간한 지 얼마 되지 않은 1953년의 모습.

작품의 주인공 산티아고가 처한 상황과 그를 통해 드러나는 불굴의 의지는 이 작품을 쓸 당시 헤밍웨이의 처지와도 연관이 깊다. 당시 헤밍웨이는 쿠바로 이주해 '핑카 비히아(전망 좋은 농장)'에 살고 있었는데, 《누구를 위하여 종은 울리나》(1940) 이후 십여 년 동안 이렇다 할 작품이 없어 작가로서 사형 선고를 받은 것과 다름없는 상황이었다. 게다가 야심차게 내놓은 장편 《강을 건너 숲 속으로》(1950)가 비평가와 독자들로부터 싸늘한 비판을 받았던 뒤라, 헤밍웨이는 《노인과 바다》를 통해 자신의 작가적 생명력을 확인하고픈 욕구가 그 어느 때보다도 강렬했다.

한편, 세계적인 정치 상황은 상당히 급격한 변화와 변동에 놓여 있었다. 이 작품이 발표된 1952년은 제2차 세계 대전이 끝나고 미·소 두 강대국을 중심으로 한 자본주의와 사회주의 진영이 끝없이 경쟁과 대립을 하던 시기였다. 흔히 총성 없는 전쟁이라 하여 '냉전 시대'라고도 하는데, 우리나라도 이때 이데올로기의 희생양이 되어 전쟁의 소용돌이에 휘말려야 했다.

한국 전쟁 당시 미군 폭격기가 함경도 원산의 항구를 공격하는 장면. 1950년에 발발한 한국 전쟁은 미국과 소련, 두 강대국의 대리전 성격을 띠고 있었다.

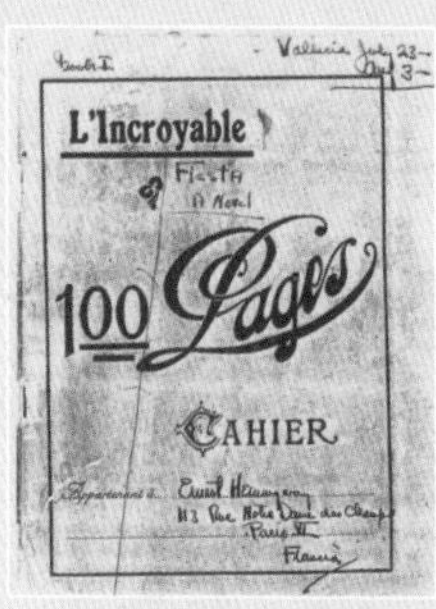

《해는 또다시 떠오른다》를 쓸 때 사용한 헤밍웨이의 노트.

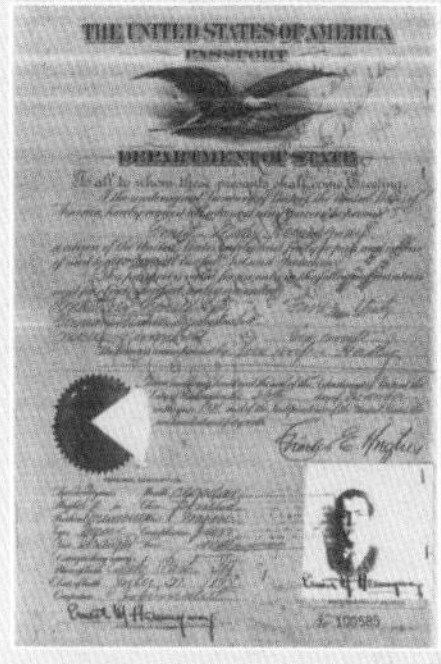

1920년대 발급된 헤밍웨이의 여권. 헤밍웨이는 아시아, 아프리카, 유럽을 가리지 않고 여행했다.

던 것이다.

반면에 《노인과 바다》는 망망대해에 떠 있는 조각배와 그 안에 있는 노인에게만 시선을 집중시킨다. 당시 시대적 분위기, 흐름과는 완전히 동떨어진 작품이다. 독자들에게 시대적 상황은 말할 것도 없고, 바다낚시 이외의 것에는 전혀 신경을 쓰지 말라고 당부하는 듯하다. 헤밍웨이는 작품 외부가 아니라 오로지 작품 내부에, 그리고 사회 문제가 아니라 개인 문제에 눈길을 돌리기를 원한 것이다. 동시에 작품 그 자체로 정당하게 승부하고 평가받겠다는 헤밍웨이의 결연한 생각도 얼비친다.

《노인과 바다》는 이처럼 시대 현실에 완전히 눈을 감았다는 점에서 이전 작품과 뚜렷이 구분된다. 그러나 극한적인 상황에 놓인 주인공을 통해 인간의 삶과 정신세계의 근본을 탐구해 나가는 면에서는 일관된 흐름을 끊임없이 유지하고 있다. 게다가 흔히 '하드보일드 스타일'이라고 일컫는 간결하면서 절제되고 힘찬 문체를 꾸준하게 구사하고 있다는 점에서 이 작품을 헤밍웨이 문학의 결정판이라고 해도 전혀 모자람이 없다.

'하드보일드 문체'는 짤막한 단문 위주의 단순하면서도 힘찬 문장으로 대상을 냉정하게 묘사하는 방법인데, 헤밍웨이는 이러한 문체를 통해 '무엇을' 말할 것인가의 문제만이 아니라, '어떻게' 말할 것인가의 문제에도 커다란 의미를 부여하고 있다. 즉,

'잃어버린 세대'의 대표 작가, 헤밍웨이

'잃어버린 세대(Lost Generation)'란 제1차 세계 대전을 통해 전쟁의 비참한 현실을 실제로 경험하고 목격한 미국의 젊은이들을 가리키는 말로, 기성세대의 가치관에 실망하여 향락에 빠져 지내는 이들의 생활 태도가 인생의 방향을 잃어버린 것처럼 보인다고 해서 붙여진 이름이다.

거트루드 스타인의 초상 사진. 피카소, 마티스 등 예술가와 수많은 작가들에게 영감을 주었다. 헤밍웨이의 간결한 문체도 스타인의 영향을 받았다고 한다.

'잃어버린 세대'라는 말을 처음 사용한 사람은 미국의 여류 작가이자 비평가인 거트루드 스타인으로 알려져 있다. 어느 날 스타인은 자동차 정비소에 들렀다가, 정비소 주인이 전쟁터에서 돌아온 젊은이들을 가리켜 성실하지 못한 '쓸모없는 녀석들'이라고 부르는 걸 듣게 된다. 이 말을 들은 스타인은 당시 친분이 있던 헤밍웨이에게 "전쟁터에서 돌아온 당신들은 잃어버린 세대로군요. 어떤 일에도 자존심을 세우지 않은 채 술만 마시잖아요."라고 전한다.

헤밍웨이는 이 말을 듣고 화가 나서 자신의 장편 소설《해는 또다시 떠오른다》앞부분에 이 말을 그대로 인용하고, 책 내용을 통해서 자신들의 세대가 반드시 부활할 것이라고 선언했다. 이후《해는 또다시 떠오른다》는 이 세대를 대표하는 바이블이 되었고, Lost라는 단어도 '기성세대의 규범에 반항하여 인생의 방향을 잃어버린'이라는 의미로 쓰이게 된다.

'잃어버린 세대'의 젊은 작가들은 대부분 당시 예술의 중심지였던 프랑스 파리에서 활동을 하는데, 대표적으로 헤밍웨이, 스콧 피츠제럴드, 윌리엄 포크너, 존 스타인벡, 헨리 밀러 등이 활발한 활동을 했다. 이 시기에 출간된《해는 또다시 떠오른다》,《무기여 잘 있거라》,《위대한 개츠비》,《8월의 빛》등의 소설은 유럽에서 미국 소설 붐을 일으키기도 했다.

1937년에 찍은 스콧 피츠제럴드의 사진. 헤밍웨이와 더불어 '잃어버린 세대'의 대표적인 작가로 일컬어진다.

이들은 프랑스 작가들에게도 큰 영향을 주어서, 사르트르는 '잃어버린 세대의 작품 출간은 제임스 조이스의《율리시스》이후 또 다른 혁명'이라고 표현했으며, 알베르트 카뮈의《이방인》은 '헤밍웨이가 쓴 카뮈의 작품'이라고 평가 받았을 정도였다.

'잃어버린 세대'의 작가와 작품들로 인해, 미국 문학은 드디어 유럽 문학을 모방하던 시대를 벗어나 세계 문학으로 발돋움하게 된다. 잃어버린 세대들은 비록 자신들의 인생은 잃어버렸지만, 미국에는 '문학'이라는 큰 선물을 가져다준 셈이다.

제2차 세계 대전에 종군 기자로 참전한 헤밍웨이. 군인들은 제1차 세계 대전에는 병사로, 제2차 세계 대전에는 종군 기자로 참전한 헤밍웨이를 '파파'라고 부르며 따랐다고 한다.

《노인과 바다》는 작가가 깊숙하게 개입하지 않고, 사실의 담담한 진술만으로 주제를 드러내는 데 비중을 둔 셈이다.

사실 투망은 없었다. 그리고 소년은 그걸 언제 팔아 치웠는지 기억하고 있었다. 그래도 노인과 소년은 이런 대화를 매일 되풀이했다. 소년은 누런 쌀이 담긴 냄비와 생선이 없다는 것도 이미 알고 있었다.

노인이 어부에게 필수적인 투망을 팔아 치웠다는 것, 밥과 생선조차 제대로 먹을 수 없다는 사실을 간단하게 제시하여 그의 어려운 처지를 드러낸다. 고기잡이 모습 또한 있는 모습 그대로 간단히 전달할 뿐이다.

노인은 만새기 주둥이에서 낚싯바늘을 빼낸 다음, 남아 있는 정어리를 미끼로 매달아 다시 바다에 드리웠다. 그리고 천천히 뱃머리 쪽으로 돌아갔다. 노인은 왼손을 바닷물에 씻고 바지에 쓱쓱 문질렀다. 이어 오른손으로 힘들게 잡고 있던 낚싯줄을 왼손으로 고쳐 잡았다. 그러고 나서 오른손을 바닷물에 씻으며 바다 너머로 가라앉고 있는 해에 눈길을 한번 주고는, 이내 낚싯줄의 각도를 살폈다.

헤밍웨이가 이처럼 하드보일드 형식의 문장을 능숙하게 다룰 수 있었던 이유는 작가가 되기 전에 신문사에서 일을 했고, 작가

가 된 후에도 오랫동안 특파원 생활을 하면서 사실 위주의 문장
을 갈고닦았기 때문일 것이다.

노인, 소년을 만나다

《노인과 바다》는 걸작이라고 알려진 작품치고는 인물이나 이
야기 구조가 지극히 단순하다. 오로지 하나의 사건, 즉 산티아고
노인이 바다에 나가 물고기를 잡아오는 사건에 집중되어 있다.
큰 줄기로 본다면 다른 사건은 전혀 없다.

등장인물 또한 단순하다. 작품 안에서 의미 있는 행동을 보이
는 인물은 오직 산티아고뿐이다. 굳이 한 명을 더 추가한다면 작
품의 서두와 말미에 등장하여 노인을 따르고 응원하는 소년 마
놀린 정도이다.

먼저 중심인물인 산티아고가 어떤 사람
인지 살펴보자. 노인은 84일 동안이나 물고
기를 잡지 못했지만, 실망하거나 바다에 불
만을 갖지 않는 어부이다. 단지 조금 운이
없는 정도라고 생각한다. 지금까지 그래 왔
듯이 또 배를 띄워서 고기를 잡으러 나가면
그만이다. 변변히 먹을 것조차 없는데 걱정
도 조급함도 없다.

산티아고의 고기잡이 방식도 아주 단순
하다. 노를 저어야 하는 돛단배와 낚싯줄,
미끼, 작살과 몽둥이가 전부이다. 모터보트
를 타고 찌 대신 부표를 설치하는 젊은이들

《모비 딕》의 작살잡이 삽화. 1901년, 스크리
브너 출판사.

의 고기잡이와는 딴판이다. 마치《모비 딕》의 작살을 쓰는 과거의 고래잡이와 대포를 쏘아대는 현대판 포경선이 판이하듯이.

단순히 물고기를 잡는 방법만 다른 것이 아니다. 그는 무엇이든 자신이 참고 견뎌 내면 된다고 생각한다. 84일을 견뎌 냈던 것처럼, 허술한 장비로도 얼마든지 견딜 수 있다고 생각하기 때문에 바다로 나가면서 먹을 것조차도 제대로 챙기지 않는다.

거기에다 발뒤꿈치 부상으로 고생하는 뉴욕 양키스의 디마지오 선수를 떠올리며, 디마지오는 자신보다 훨씬 힘든 상황에도 꿋꿋하게 프로야구 선수 생활을 하고 있는데 자신은 그에 비하면 한결 낫다고까지 생각한다. 또 절대로 훔친 미끼는 사용하지 않으며, 돈이 필요해도 남에게 빌리지 않는다. 이처럼 어부 산티아고는 자신만의 뚜렷한 기준을 세워 살아가는 사람이다.

이러한 삶에 친구가 많을 리도 없고, 산티아고 자신도 친구를 필요로 하지 않는다. 그래서 그는 혼자이다. 아내와의 사별은 어찌할 수 없다고 쳐도, 그는 외로움을 스스로 불러들인다. 물고기를 잡지 못하는 한이 있어도 홀로 바다로 나가는 것이다. 라디오

미국 메이저리그 뉴욕 양키스 팀의 간판타자였던 조 디마지오의 경기 모습.

조 디마지오가 자신이 사인을 한 야구 배트에 키스하는 장면. 디마지오는 헤밍웨이뿐 아니라, 모든 미국인에게 사랑받던 선수였다.

조차도 없어서 세상과 이어진 끈이라고는 철 지난 신문 조각뿐. 디마지오 선수와 자신을 이따금씩 비교하는 것이 세상과 소통하는 전부나 마찬가지다.

천신만고 끝에 거대한 청새치를 낚아 올리지만, 이를 끌고 돌아오는 길에 같이 할 사람은 아무도 없다. 한마디로 산티아고는 외로움덩어리다.

헤밍웨이는 산티아고의 외로움을 극명하게 드러냄으로써, 반대로 다른 사람과 손을 잡는 행위, 즉 유대와 연대의 중요성을 부각시킨다. 그 시작이 바로 마놀린이다. 마놀린은 산티아고를 다른 사람들과의 연대로 이끌어 가는 안내자 구실을 한다.

소년은 다섯 살 때부터 노인의 조각배에 같이 탔던, 누구보다도 노인과 끈끈한 관계를 맺고 있는 인물이다. 노인 역시 먼 바다로 낚시를 나가서도, 함께 있었으면 하는 마음을 여러 차례 드러냄으로써 마놀린을 향해 손을 내민다.

이에 마놀린도 사흘 동안이나 소식이 없는 산티아고를 찾기 위해 해안 경비대와 정찰기를 띄우는 일에 앞장을 서고, 녹초가 되어 돌아온 산티아고에게 먹을 것과 커피를 챙겨 주며, 결정적으로 다음부터 같이 고기잡이를 나가겠다고 약속한다. 물론, 마놀린 부모의 생각이 갑자기 바뀌었을 것 같지는 않다. 하지만 어떻게든 이를 넘어서겠다는 의지를 읽을 수 있는 대목이다.

이렇게 해서 산티아고 노인과 소년 마놀린은 나이와 세월을 뛰어넘는 우정을 통해 연대의 가능성을 활짝 열어 놓는다. 산티아고는 이제 혼자가 아니다. 그리고 이는 노인이 자신의 정신적 유산을 소년에게, 나아가 후대에게 물려주는 순간이기도 하다.

노인은 자신의 인생철학을 행동으로 보여 주었고, 소년은 이를 평생 간직할 것이다. 그리고 소년은 나이가 든 뒤에 또 다른

'노인'이 주는 독특한 이미지와 상징

작가는 말하고자 하는 바를 자신이 창조한 소설 속 독특한 이미지나 상징으로 설명하는 경우가 많다. 《노인과 바다》에서도 그러한 이미지나 상징을 확인할 수 있다.

노인은 청새치와 싸우면서 빠른 속도로 풀려나가는 낚싯줄 때문에 손바닥에 상처를 입고, 두 번째 상어의 공격을 받기 직전 '못이 자신의 손바닥을 뚫고 나무에 박힐 때' 내지를 법한 비명을 지른다. 여기에서 독자들은 예수가 십자가에 못 박히는 상황을 떠올리게 된다.

또 노인은 항구로 돌아와 돛대를 메고 힘겹게 언덕을 올라간다. 이 장면은 예수 그리스도가 십자가를 메고 골고다 언덕을 오르는 성경의 묘사와 교묘하게 흡사하다. 이처럼 작품을 읽다 보면 자연스럽게 산티아고에게서 예수 그리스도의 이미지를 떠올리게 된다.

그렇다면 작가는 이를 통해 무엇을 말하려는 것일까? 헤밍웨이는 산티아고에게서 예수의 이미지를 이끌어 내어, 상어 떼에게 모든 걸 빼앗긴 채 돌아온 그의 행동을 인류의 승리로 연결할 수 있도록 가능성을 열어 둔다. 예수가 십자가의 수난과 죽음을 당했지만, 결국에는 부활했듯이.

눈에 띄는 또 하나의 상징은 '사자'이다. 사자 꿈은 이야기 속에서 여러 번 등장한다. 심지어 '노인은 사자 꿈을 꾸고 있었다.'로 이야기가 마무리된다. 여기에서 노인이 꾸는 사자 꿈의 정체는 무엇일까?

노인의 젊은 시절을 떠올리게 하는 사자는 노인의 희망을 의미한다. 노인은 청새치, 상어 떼와 대결을 벌이고, 고독과 싸우면서 늘 입버릇처럼 "그 애가 있으면 좋으련만."이라고 말한다. 그럼에도 불구하고 사자 꿈은 꾸는데, 소년 꿈은 한 번도 꾸지 않는다. 따라서 사자 꿈은 소년과 함께 하고자 하는 노인의 소망을 담고 있는 것으로 풀이할 수 있을 것이다.

프랑스 노트르담 성당의 성화. 예수 그리스도가 십자가를 매고 골고다 언덕을 올라가는 장면을 묘사하고 있다. 돛을 매고 언덕길을 올라가는 노인 산티아고의 이미지와 겹쳐 보인다.

아프리카 사파리에서 사자를 사냥한 헤밍웨이. 헤밍웨이의 경험은 그의 소설 곳곳에 녹아 있다.

소년에게 몸소 가르쳐 줄 것이다.

"빨리 몸이 나으셔야 해요. 제가 배울 것도 많고, 저한테 가르쳐 주실 것도 많잖아요."

노인은 누구를 상대로 싸우는가

노인은 두 번의 커다란 싸움을 벌인다. 시작은 단순하다. 낚싯줄에 커다란 놈이 걸려들었고, 이틀 밤낮을 허기, 졸음, 외로움 등과 싸우며 마침내 청새치를 끌어 올리는 데 성공한다. 다랑어와 날치를 잡아먹고, 사자의 꿈을 꾸기도 하고, 소년을 생각하거나 휘파람새를 벗 삼으며, 끊임없이 자신을 비롯한 누군가와 대화를 나누며 참고 견뎌 낸 보상이다.

그런데 노인과 물고기는 서로를 미워하거나 적의를 품고 맞설 아무런 이유가 없다. 산티아고는 어부이기에 바다로 나갔고, 낚싯줄을 드리워 물고기를 잡은 것뿐이다. 마찬가지로 물고기 역시 바다에 있는 맛있는 먹잇감을 발견하고는 살기 위해 입을 벌려 먹이를 삼켰고, 그 끝에 무언가 잡아당기는 것이 있음을 느끼자 본능적으로 끌려가지 않기 위해 오랜 시간 버텼을 뿐이다.

뒤에 노인은 간신히 상어 두 마리의 공격을 물리치고 잠시 휴식을 취하면서 스스로에게 이렇게 말한다.

"오직 먹고살기 위해서, 팔기 위해서 물고기를 죽인 건 아니야. 나는 긍지를 위해서, 또 어부이기 때문에 물고기를 죽인 거야. 나는 물고기가 살아 있을 때도 사랑했고, 물고기가 죽은 뒤에도 사랑했어. 사랑한다면 사랑하는데 죽이기까지 해야 한다니, 앞뒤가 맞지 않는 말처럼 들린다. 그러나 이는 어부인 산티아고의 숙명이다. 어부들치고 물고기를 싫어하는 사람이 있을까? 그들은 생계를 위해서 물고기를 잡기는 하지만, 아마도 물고기를 가장 사랑하는 사람들일 것이다. 물고기의 삶이 바로 자신들의 삶과 직결되기 때문이다. 이들은 모터보트와 부표를 써서 막무가내로 물고기들을 잡아들이는 부류와는 다르다.

청새치와의 싸움은 그렇게 끝났다. 하지만 또다시 힘겨운 싸움이 기다리고 있다. 청새치를 노리는 상어 떼와의 싸움이다. 이들은 상대가 누구인지에 전혀 관심이 없다. 그가 84일 동안이나 물고기를 잡지 못한 외로운 노인이라는 사실도 모른다. 아니, 안다고 하더라도 소용없다. 피 냄새만을 좇아 본능적으로 달려드는 상대이기 때문이다. 한쪽은 물어뜯고, 다른 한쪽은 지켜 내야만 하는 싸움이다.

이 싸움의 끝에는 무엇이 남았을까? 결국 물고기의 살점을 상어 떼에 전부 내어 주고 앙상한 뼈다귀만 남는다. 상어들 역시 치명적인 상처를 입었다는 걸 생각하면, 아무리 배를 채웠다 하더라도 차라리 덤벼들지 않는 게 나았다.

아무도 얻은 것이 없고, 또 아무짝에도 쓸모없는 이 싸움은 도대체 왜

1928년 미국 플로리다 주 키웨스트 해변에서 바다낚시를 하고 있는 헤밍웨이. 바다낚시에 대한 지식은 플로리다와 쿠바 해안에서 얻은 것이라고 한다.

《노인과 바다》의 조연, 카리브 해의 바다 생물

《노인과 바다》에는 여러 가지 바다 생물들이 이야기 속에 등장한다. 바다낚시에 전문가 못지않은 지식을 갖고 있던 헤밍웨이인 만큼, 바다, 낚시, 물고기 등에 대해 상세한 묘사를 하고 있을 뿐만 아니라, 바다와 물고기에 대한 섬세한 서술이 이야기의 많은 부분을 차지하고 있다. 노인과 대결을 벌이는 청새치, 노인이 배고픔을 이기기 위해 잡아먹는 만새기와 날치, 미끼로 쓰기 위해 낚싯바늘에 꿰어 놓은 다랑어와 정어리, 스치듯 지나가는 해파리와 작은 새우, 이야기 후반에 등장하는 불청객인 청상아리까지. 작품에 등장하는 카리브 해 바다 생물의 모양새를 살펴보면 소설 속 묘사가 더욱 흥미롭고 생생하게 다가올 것이다.

이야기의 또 다른 주인공인 청새치. 길이 3m, 무게 2톤이 넘도록 지리기도 한다. "살아 있을 때는 몸통 양 옆이 보라색으로 빛난다. 하지만 죽으면 은회색이 된다."고 노인은 이야기한다.

만새기. 등은 녹색이고 배는 황금빛을 띄는 민첩한 물고기로, 1.5m 넘게 자라기도 한다. 영미권에서는 Dolphinfish 또는 Dorado라고 불린다.

노인이 '아구아 말라'라는 스페인 어로 부른 고깔 해파리. 치명적인 독을 갖고 있어서, 촉수에 쏘이면 호흡 곤란 등으로 죽을 수도 있다.

청새치를 노리고 가장 먼저 등장하는 상어인 청상아리. 상어 종류 중에서 큰 편이며, 사납고 포악하다. "등은 황새치처럼 푸른색이고, 배는 은빛에다 껍질은 미끈하고 보기 좋았다."고 묘사된다.

일어난 것일까? 산티아고가 청새치를 끌어올린 뒤에 이를 팔아서 얻을 수익에 대해 생각을 하지 않은 건 아니다. 하지만 그것이 전부가 아니다. 어부 산티아고는 청새치만이 아니라, 날치, 다랑어, 휘파람새 등 바다에서 만나는 모든 생명체를 친구라고 생각한다. 심지어는 상어 떼도 그렇게 여긴다.

그는 바다를 어머니로 생각하고, 자신이 잡은 물고기에게 형제애를 느끼며, 자신을 자연의 일부로 받아들인다. 그래서 항구로 돌아가는 과정에서 배에 묶어 놓은 물고기가 자신을 데려가는지, 자기가 물고기를 잡아서 끌고 가는지조차 헷갈려 한다. 노인은 먹이 사슬이라는 고리로 단단히 묶여 있는 그들 모두, 실은 한 덩어리로 이루어진 공동 운명체임을 깨닫고 있는 것이다.

노인이 청새치를 끌어올리는 이틀 밤낮의 대결과 상어 떼로부터 청새치를 지켜내기 위한 싸움을 보면 이 작품은 얼핏 '인간과 자연의 싸움'을 그린 소설로 보인다. 그렇지만 작품을 읽다 보면 노인이 청새치, 상어와 벌이는 싸움은 사실상 지극히 자연스러운 먹이 사슬의 한 과정이며 자연의 섭리일 뿐이라는 생각을 하게 된다. 청새치 또한 바다에서 얻은 것이라면, 결국은 바다의 누군가에게 내어 줄 수밖에 없는 것이리라.

노인은 항구로 배를 몰며 속으로 '뭐가 날 패배시킨 것인지' 궁금해한다. 그러나 이내 '아무것도 아니며', '그저 멀리 나간 게 문제였다.'고 생각한다.

노인에게 큰 물고기를 잡아서 돈을 버는 일은 중요치 않다. 생명을 품고 있는, 어머니의 품과 같은 바다로 다시 나간다는 사실 자체가 중요하다. 그는 여전히 바다와 운명을 함께 하며 살아가는 어부이므로.

인간은 과연 패배하지 않을까

사람들은 흔히 삶에 있어 '과정'이 중요하냐, 아니면 '결과'가 중요하냐를 따진다.《노인과 바다》에서도 이 논쟁은 첨예하게 대립한다.

과정이 중요하다면, 노인은 커다란 물고기를 잡았기 때문에 훌륭한 것이 아니다. 그 물고기를 설사 무사히 마을로 끌고 왔다고 하더라도, 그가 더 훌륭해지지는 않는다.

노인이 훌륭한 것은 어떤 고난이나 고통에도 포기하지 않고 있는 힘을 다해 도전하고 투쟁하는 과정에 있기 때문이다. 이 논리대로라면 노인은 앙상한 물고기 뼈만 매달은 채 돌아왔지만, 결코 패배자가 아니며 오히려 훌륭한 승리자라고 할 수 있다.

영원한 벌을 받는 시시포스.

여기서 우리는 그리스 신화에 등장하는 시시포스를 떠올리게 된다. 코린토스의 왕이었던 그는 신들을 속인 죄로, 죽은 뒤에 커다란 바위를 산꼭대기로 밀어 올리는 벌을 받는다. 그런데 그 바위는 정상 근처에 다다르면 다시 아래로 굴러 떨어져 시시포스의 형벌은 영원히 되풀이된다.

프랑스 작가 카뮈는《시시포스의 신화》를 통해 시시포스 안에서 부조리한 인간의 전형을 발견했다. 인간 존재의 무의미성을 스스로 깨닫고, 그 부조리에 반항을 시도하는 인간이 거기에 있다는 것이다.

프랑스 작가 알베르트 카뮈.

산티아고에게서도 시시포스의 모습을 찾아볼 수 있다. 그래서 그는 "인간은 파멸할 수는 있어도, 패배할 수는 없어."라고 말한다. 너덜너덜한 돛을 단 조각배를 몰며 청새치, 상어와의 싸움 끝에 남은 건 뼈다귀 뿐이었지만, 물리적 세계가 아닌 정신의 세계에서는 결코 패한 것이 아니다. 노인 산티아고가 물리적인 힘으로 승리하는 것은 애초에 불가능한 것이었다. 오히려 자신이 처한 상황과 운명에 굴복하거나 비참함을 느끼지 않고, 도전과 저항을 통해 오히려 행복을 발견하는 데에서 인간의 존엄성이 빛을 발하게 되는 것이다.

하지만 이에 대한 반대 의견도 만만치 않다. 과정보다 결과가 더 중요할 수 있다는 것이다. 명예로운 목적을 갖고, 역경 속에서도 고통을 참아 내고, 훌륭한 기량으로 정정당당하게 싸웠다고 하더라도, 결과가 나쁘면 결코 명예를 얻을 수 없다. 이 논리를 따르면, 노인의 불운한 처지를 동정할 수는 있지만 그가 승리자라고는 할 수 없다.

사실 노인은 현실적으로 성공한 사람과는 거리가 멀다. 멀어도 너무 멀다. 소년이 식당 주인에게 얻어서 가져다주는 음식과 맥주로 끼니를 때우는 노인이 훌륭하다거나 명예로운 삶을 살고 있다고는 할 수 없다. 그는 추억을 곱씹으며 자기도취에 빠져 사는 고집쟁이 영감에 불과하다.

과정도 좋고, 결과도 좋으면 당사자가 지켜보는 사람들 모두 행복하다. 그러나 현실에서는 이런 해피엔딩이 많지 않다. 오히려 결

1934년 쿠바에서 찍은 사진. 청새치 바로 왼쪽이 헤밍웨이. 어떤 사람들은 제대로 먹지도 못한 노인이 이렇게 큰 청새치를 잡는 건 불가능하다고도 말한다.

과가 좋지 않아서, 훌륭한 과정마저 무시되는 경우가 부지기수다. 이런 세태를 반영하듯, 이야기의 마지막 장면에서 주점의 종업원 과 관광객은 다소 어처구니가 없는 대화를 주고받는다.

"티뷰론입니다."

종업원이 대답했다.

"상어 같은 거예요."

그는 물고기 뼈가 저 자리에 있게 된 자초지종을 설명하느라 애를 썼다.

"상어가 저렇게 멋지고 아름다운 꼬리를 달고 있는 줄은 몰랐네요."

여기서 열심히 이야기를 따라왔던 독자들은 상당히 허무해진 다. 아니, 이럴 수도 있을까? 누군가 이틀 밤낮을 꼬박 새며 자신 이 탄 배보다도 더 큰 물고기를 잡아왔건만, 고작 돌아오는 것이 라고는 '상어 꼬리가 아름답다'라니. 무지한 탓일까, 아니면 반어 적인 표현인 걸까?

사실 앙상한 뼈다귀만 끌고 왔으니 그것이 상어든 청새치이든 제삼자로서는 전혀 상관도 없고, 또 그걸 알 방법도 없다. 그들에 게는 결과만 보인다. 저 물고기의 뼈가 이 자리에 오기까지 어떤 험난한 과정을 거쳤는지 안중에도 없고, 알 수도 없다. 그냥 제멋 대로 생각할 뿐이다. 어쩌면 헤밍웨이는 웨이터와 관광객을 풍 자의 대상으로 등장시켜 노인의 성취가 얼마나 위대한 것이었는 지 우회적으로 드러낸 것일지도 모른다.

헤밍웨이는 《노인과 바다》 속에서 과정이 더 중요하다거나, 결과가 좋아야 한다는 주장을 하지 않는다. 그저 엄청난 과정과 초라한 결과를 담담하게 대비해서 보여 줄 뿐이다. 그래서 청새

헤밍웨이가 사랑한 쿠바, 쿠바가 사랑한 헤밍웨이

"전 이 상을 받은 최초의 입양 쿠바 인이라서 매우 행복합니다."
헤밍웨이가 노벨문학상 수상 소감으로 한 말이다. 헤밍웨이는 미국 사람인데도 불구하고, 스스로 입양된 쿠바 인이라고 불렀다. 또 헤밍웨이의 작품 중 《노인과 바다》, 《누구를 위하여 종은 울리나》, 《가진 자와 못 가진 자》, 《만류 속의 섬들》은 모두 쿠바에서 쓴 소설들이다. 뿐만 아니라 미국에서 태어나 파리와 스페인으로, 아프리카로, 마음 내키는 대로 돌아다니며 모험과 전쟁에 뛰어들었던 헤밍웨이는 죽기 직전 20년을 쿠바에서 보낸다.

'헤밍웨이 낚시 대회'에서 만난 헤밍웨이와 피델 카스트로. 카스트로는 여러 번 헤밍웨이에게 존경심을 표했지만, 두 사람이 만난 건 이때가 처음이자 마지막이었다.

시작은 바다낚시였다. 헤밍웨이는 1932년 여름 낚시를 위해 친구들과 쿠바를 찾았다가 《노인과 바다》의 청새치처럼, 노련한 어부와 같은 쿠바에게 낚이게 된다. 그는 그 뒤로 쿠바를 방문할 때마다 아바나의 호텔 '암보스 문도스 511호'에 묵었다.

이곳은 현재 전 세계 관광객들이 헤밍웨이의 흔적을 더듬기 위해 들르는 일 번지가 되었다. 이 방에는 '헤밍웨이 낚시 대회'에서 피델 카스트로와 함께 찍은 기념사진, 《누구를 위하여 종은 울리나》를 집필할 때 쓴 타자기, 친필 원고, 헤밍웨이의 안경 등이 전시되어 있다.

주변에는 헤밍웨이가 단골이었다는 술집 '엘 플로리디타'와 '라 보데기타'가 있다. 엘 플로리디타에는 다이키리를 한 잔 앞에 두고 앉아 있는 실물 크기의 헤밍웨이 동상을 찾아볼 수 있다. 또 라 보데기타는 쿠바 특유의 칵테일인 모히토가 맛있기로 유명한 곳이다. 술집에는 헤밍웨이의 글이 아직까지 남아 있다.

"내 삶은 라 보데기타의 모히토와 엘 플로리디타의 다이키리에 존재한다."

쿠바에서 두 아들과 즐거운 시간을 보내는 헤밍웨이. 오른쪽이 그레고리, 왼쪽이 패트릭.

1946년 쿠바의 핑카 비히아에서 즐거운 한때를 보내고 있는 헤밍웨이.

1939년, 헤밍웨이는 아바나 근처 어촌인 코히마르에 '전망 좋은 농장'이라는 뜻의 '핑카 비히아'를 구입하여 아예 쿠바에 정착한다. 헤밍웨이는 아바나 항구가 내려다보이는 탁 트인 전망을 자랑하는 이 집에서 거의 20년을 살았다. 그는 이곳에서 자신의 요트 필라호를 타고 바다에 나가 파도와 싸우며 힘겨운 사투 끝에 직접 청새치를 잡기도 했다.

그런 점에서 《노인과 바다》의 작업실은 코히마르 앞바다와 필라호였던 셈이다. 그가 노벨문학상을 쿠바의 수호성인 '자비의 성모'에게 바친 것은 어찌 보면 너무도 당연한 일이다. 《노인과 바다》를 쓴 것은 '쿠바인 헤밍웨이'였기 때문이다.

하지만 냉전 시대에 접어들면서 헤밍웨이와 쿠바는 '위험한 관계'가 된다. 특히 카스트로와 체 게바라가 주도한 쿠바 혁명이 성공하면서, 이를 눈엣가시로 생각하던 미국 정부는 공공연히 쿠바에 대한 사랑을 표현하는 헤밍웨이를 요주의 인물로 점찍게 된다. 사실 쿠바에 혁명 정부가 들어선 직후, 쿠바에 들른 헤밍웨이는 쿠바 국기에 입맞춤하며 "나는 양키가 아니다."라고 기자들에게 이야기했다는 일화도 전해지고 있다.

미국과 쿠바 사이에 정치적 긴장감이 높아지면서, 헤밍웨이도 더 이상 쿠바에 머물거나 방문을 하지 못하게 된다. 결국 헤밍웨이가 최후를 맞이한 곳은 젊은 시절을 보낸 마음의 고향 파리도, 바다낚시를 즐겼던 플로리다의 키웨스트도, 20년 가까이 살았던 쿠바의 핑카 비히아도 아닌, 미국 서부 아이다호의 산골 마을 케첨이었다. 헤밍웨이가 죽기 전에 떠올린 곳은 과연 어디였을까? 혹시 그의 인생에서 가장 긴 시간을 정착했던 쿠바는 아니었을까?

이 때문인지 미국에 적대적인 쿠바 사람들도 헤밍웨이만큼은 미국인 헤밍웨이가 아닌 '쿠바의 작가'로 인정하고 있다. 그래서 쿠바 정부도 헤밍웨이가 머물었던 집을 헤밍웨이 박물관으로 보존하고 있다.

술집 엘 플로리디타의 내부 전경.

헤밍웨이가 탔던 필라호. 이 배의 관리인이었던 그레고리오 푸엔테스는 헤밍웨이가 죽은 후, 이 배를 쿠바 정부에 기증했다.

치를 낚는 과정이 사실적인 관점에서는 살짝 과장되어 보이기도
한다.

하지만 《노인과 바다》를 사실적인 잣대로 읽기보다는, 소설
전체를 하나의 비유와 상징으로 보아야 작가의 의도를 정확하게
짚어 낼 수 있다. 헤밍웨이는 노인의 바다낚시라는 행위 자체를
통해 인간의 실존이란 무엇이며, 그것이 어떤 의미가 있는지 독
자들에게 묻고 있기 때문이다.

그렇다면 노인은 우리에게 어떤 의미가 있는 것일까?

우리에게 '산티아고'는 무엇인가

나이 많은 어부 산티아고. 우리는 왜 이 우직한 노인의 허망한
실패를 그토록 아름답게 느끼는 걸까?

신영복 교수는 《나무야 나무야》에서 "어리석은 자의 우직함이
세상을 조금씩 바꿔 간다."고 했다. 신데렐라의 꿈을 꾸고, 경쟁
에만 신경을 쓰고, 고여 있는 물처럼 편안하게 살지 말자는 것이
다. 가끔은 흐르는 물이 되어, 세상에 자신을 맞추더라도 불편하
고 어리석게 행동해야 한다는 의미일 것이다.

산티아고 노인은 먹을 것도 제대로 챙기지 않은 채 매일같이
끈질기게 바다로 향했던 어부이다. 그럼에도 모터보트나 부표를
사용하는 삶을 추구하지 않는다. 편안함이 무슨 죄악이나 되는
것처럼 불편하고 어리석게 살아간다.

산티아고는 우리에게 '너는 어떻게 살고 있니?'라는 질문을 던
진다. 수단과 방법을 가리지 않고, 목적만 달성하면 그만인 세상
에 도전장을 던지는 것이다. 패배가 빤히 보이더라도 피하거나

헤밍웨이의 또 다른 작품들

헤밍웨이의 작품에는 공통점이 있다. 바로 소설에 등장하는 인물들의 독특한 대화체가 바로 그것이다. 실제 대화를 나누는 듯 보이는 헤밍웨이의 대화체는 별다른 부가 설명 없이도, 인물들의 개성을 교묘하게 표현하는 것으로 유명하다. 헤밍웨이는 이를 두고 스스로 '빙산의 이론'이라고 불렀다. 실제 크기의 1/8만 물 밖으로 보이는 빙산처럼, 등장인물의 일부분만을 대화로 드러내면서도 그 인물이 상징하는 전체적인 개성을 보여줄 수 있다는 것이다. 독특한 문체로 유럽에서 미국으로 문학의 중심축을 이동시킨 헤밍웨이. 그의 대표적인 작품에는 어떤 것이 있는지 한번 살펴보자.

스페인에서 투우 소와 함께한 헤밍웨이.

《해는 또다시 떠오른다》(1926)

등장인물들이 주정뱅이, 자유분방한 여성 등 당시 '잃어버린 세대'로 일컬어지는 젊은이들 그 자체였기 때문에 독자들의 열광적인 반응을 얻었다. 헤밍웨이는 1923년 처음으로 투우를 관람한 뒤 매년 스페인을 찾아 투우를 관람했고, 이런 경험이 소설의 배경이 되었다고 한다.

《무기여 잘 있거라》(1929)

전쟁의 허무함과 시대적 절망을 그린 소설. 제1차 세계 대전에 참전했던 헤밍웨이는 큰 부상을 입고 병원에서 치료를 받던 중, 자신보다 7살 연상의 간호사 아그네스와 사랑에 빠졌다가 실연당한다. 이 작품에는 헤밍웨이 자신의 연애 경험이 고스란히 녹아 있다고 한다.

영화 《무기여 잘 있거라》의 한 장면.

헤밍웨이 소설 《가진 자와 못 가진 자》를 원작으로 한 영화 《브레이킹 포인트》의 한 장면.

《가진 자와 못 가진 자》(1937)

쿠바를 배경으로 한 헤밍웨이의 첫 번째 소설이자, 드물게도 정치적인 색채를 띤 소설이다. 계급 간의 폭력과 투쟁을 그린 작품으로, 대공황과 밀수가 시대적 배경으로 등장한다. 1944년에서 1958년 사이에 세 번이나 영화화되었다.

《노인과 바다》와 할리우드

유명한 소설이 영화화 되는 것은 지금으로서는 당연해 보인다. 하지만 '잃어버린 세대'를 대표하는 작가들이 활동하던 때는 이제 막 영화 기술이 발전하던 시기였다. 세계 최초로 배우의 목소리가 나오는 영화 〈재즈 싱어〉가 개봉한 것이 1927년이고, 헤밍웨이의 《해는 또다시 떠오른다》가 출간된 시기가 1926년이니, 출간된 책이 바로 영화로 만들어지는 때가 오려면 아직 조금 더 기다려야만 했던 것이다.

1927년 워더브라더스 극장에서 개봉한 영화 〈재즈 싱어〉의 포스터.

그러나 1930년대 들어서 할리우드가 본격적으로 시동을 걸면서, 문학 작품의 영화화가 본격화되기 시작한다. 물론 당시 가장 '핫'한 작가였던 헤밍웨이의 작품도 영화화는 피할 수 없는 하나의 과정이었다. 하지만 의외로 헤밍웨이는 할리우드와 호흡이 맞지 않았다. 존 스타인벡의 경우 작품이 영화로 만들어지고 나서 더욱 유명해졌고, 윌리엄 포크너는 영화 각본가로도 이름을 날렸으며, 심지어 피츠제럴드는 죽고 나서도 영화 때문에 더욱 유명세를 탄 데 비해 헤밍웨이는 오히려 자신의 작품이 영화로 만들어지면서 곤란한 상황에 처하게 된다.

《노인과 바다》는 1956년 촬영에 들어가는데, 헤밍웨이는 등장인물을 전부 쿠바 어민들로 채우는 다큐멘터리 형식의 영화를 원했다. 그러나 할리우드는 다른 각도에서 영화를 해석했는데, 바로 극한 상황에서 고독과 투쟁하는 '미국인'을 부각시키는 것이었다.

결국 헤밍웨이가 원했던 다큐멘터리 감독이 교체되고, 미국인 할리우드 스타가 주연을 맡았으며, 심지어 하와이 해변에서 촬영하게 되는 등 헤밍웨이가 원하는 리얼리즘 영화와는 거리가 먼 오락 영화가 탄생하게 된다. 헤밍웨이는 영화 〈노인과 바다〉를 두고, "누가 고무로 만든 물고기에 영화 관람료를 지불할까?"라고 투덜댔다고 한다.

영화가 원작과 다르게 각색된 데에는 당시의 정치 상황도 밀접한 관련이 있다. 특히 FBI는 1942년 이후 헤밍웨이를 공산당원으로 간주하여 관찰 대상에 올렸고, 헤밍웨이는 사망하기 전까지 정보 기관의 감시를 받아야만 했다. 당시 정치 상황과 시대 배경이 헤밍웨이의 작품마저 '할리우드 스타일'로 바꿔 버린 것이다.

스펜서 트레이시가 주연을 맡은 영화 〈노인과 바다〉의 한 장면. 영화를 촬영할 때, 고무로 만들어진 모형 청새치를 사용하여 헤밍웨이의 분노를 샀다.

비명을 지르지 않고 끝까지 맞서 견뎌 내는 삶, 승패를 떠나 과정
에 최선을 다하는 삶, 오늘 안 되면 내일 또 덤벼드는 삶을 이야
기한다.

그런데 정작 우리는 어떻게 살고 있을까? 눈앞에 보이는 이익
만을 좇아 하루하루를 소모하고 있지는 않을까? 온갖 편법과 불
법을 동원하여 목적을 달성하거나, 결과만 좋으면 모든 것을 다
용서하고 있지는 않을까?

하지만 패배를 두려워하지 않는 삶, 결과보다는 과정을 중시
하는 삶을 살자고 무턱대고 주장했다간 '당신이나 그렇게 살아!'
라는 대답이 돌아오기 십상이다. 만일, 산티아고가 우리나라 어
부였다면, 아니 학생이었다면, 직장인이었다면, 사업가라면 어떠
했을까? 오늘도 또 바다로, 학교로, 직장으로, 자기 회사로 무사
히 나갈 수 있었을까?

흔히 우리 사회를 '패자 부활전'이 없는 사회라고 부른다. 한
번의 실패조차도 용납해 주지 않는다는 의미이다. 끊임없이 노
전을 부추기려면 실패를 인정하는 사회여야만 한다. 그런 사회
라야 창의성이 꿈틀거리고, 지속 가능한 생명력이 있다. 그런데

1933년 아니타호를 타고 동료들과 청새치잡이에 나선 모습. 제일 왼쪽이 헤밍
웨이.

1950년 자신의 요트 필라호 안에서. 헤밍웨이
는 이 요트를 타고 쿠바 해안을 돌아다녔다.

우리는 승자가 모든 것을 갖는 것이 바로 '정의(正義)'라고 서슴없이 말하는 사람들이 이끄는 사회에 살고 있다. 이런 사회에서 과연 84일 동안의 실패가 가당키나 한 일일까?

그렇다면 우리에게 산티아고와 같은 도전은 불가능할까? 그렇지 않다. 돌아온 산티아고에겐 마놀린이 있다는 사실을 명심하자. 그 사실은 매우 중요하다. 그것만이 아니라, 노인을 걱정하고 챙기려는 사람들로 인해 해안 경비대가 출동하고 비행기가 떴다는 사실 또한 놓치지 말아야 한다.

산티아고가 패배하지 않는 것은 단순히 그의 의지만으로 설명할 수 없고, 또 그렇게 설명해서도 안 된다. 그는 도전을 계속할 수 있는 에너지를 끊임없이 주변에서 공급받고 있기 때문이다.

멀지 않은 미래에 우리도 '산티아고'가 바다에 나가 겪은 상황을 숱하게 겪으며 살아야 한다. 산티아고의 불굴의 의지와 끝없는 도전에 열광하고 그를 본받기 전에, 우리 자신부터 먼저 돌아보자.

나는 지금 누군가의 마놀린 역할을 하고 있을까? 이 질문에 명쾌하게 답을 할 수 있어야, 제2, 제3의 산티아고가 대한민국에서 끝없이 도전하며 살아갈 수 있을 것이다.

삶 자체가 모험이었던 헤밍웨이의 생애

어니스트 헤밍웨이는 1899년 7월 21일 미국 시카고 근처의 오크파크에서 사냥과 스포츠를 좋아하는 의사 아버지와 성악가인 어머니 사이에서 태어났다. 고교 시절에는 풋볼 선수로 활동하면서 시와 단편 소설을 쓰기 시작했으며, 졸업 후에는 대학에 진학하지

헤밍웨이가 태어난 집. 일리노이 주 시카고 오크파크에 있다. 현재 헤밍웨이 박물관으로 사용되고 있다.

헤밍웨이의 가족사진. 제일 오른쪽이 어린 시절의 헤밍웨이.

않고 〈캔자스시티 스타〉지 기자가 되었다.

제1차 세계 대전에 적십자사의 운전병으로 참전하여 다리에 중상을 입기도 했으며, 전후에는 캐나다 〈토론토 스타〉지의 특파원이 되어 다시 유럽으로 건너가 각지를 여행하였고, 그리스-터키 전쟁을 보도하기도 했다. 파리 특파원으로 머무르는 동안 거트루드 스타인, 에즈라 파운드, 스콧 피츠제럴드, 제임스 조이스 등 작가들과 교류하면서 본격적인 문학 수업을 시작한다.

1923년《3편의 단편과 10편의 시》를 출판한 것을 시작으로, 전쟁에서 상처 입은 사람들의 허무감을 그린 장편 소설《해는 또다시 떠오른다》와 전쟁의 허무함과 슬픈 사랑을 주제로 한《무기여 잘 있거라》를 잇따라 발표하며 작가로서의 명성을 차곡차곡 쌓아 나갔다.

헤밍웨이는 전쟁이나 야생의 세계에서 나타나는 극한의 상황에 큰 관심을 기울였다. 그래서 이를 배경으로 삶과 죽음, 인간의 타고난 비극, 운명에 맞서는 개인의 승리와 패배 등을 다룬 작품이 많다.

제1차 세계 대전에 참전했을 때의 경험은《무기여 잘 있거라》의 소재가 되었고, 1936년에 일어난 스페인 내전을 취재하며 저

술과 강연으로 공화정부파를 지원했던 체험은 그의 유일한 희곡
작품인 《제5열》과 장편 소설 《누구를 위하여 종은 울리나》의 밑
바탕이 되었다.

이처럼 전쟁을 소재로 한 헤밍웨이의 소설들은 모두 자신의
경험을 바탕으로 한 것이었다. 그가 두 차례의 세계 대전에서 겪
은 경험들이 '잃어버린 세대'를 대표하는 작가로 발돋움하게 만
든 것이다.

또한 헤밍웨이는 현대 미국에 등을 돌린 채, 소위 '변방'의 삶에
대해 관심을 가졌다. 이는 담대한 활동으로 이어진다. 헤밍웨이는
아프리카에서 맹수 사냥을, 알프스 산맥에서 스키를 탔으며, 스페
인 투우에 심취했고, 멕시코 만에서는 바다낚시를 즐겼다. 이런
경험들은 그의 작품 세계를 넓혀 주는 값진 자산이 된다.

이어 10년간의 긴 침묵을 깨고 발표한 《강을 건너 숲 속으로》
의 혹평에도 불구하고, 곧바로 《노인과 바다》를 발표하며 자신
의 건재를 과시한다. 특히 그는 최후작
인 동시에 대표작인 《노인과 바다》에
대해 '생전에 쓰기를 벼르다가 끝내 쓰
고야 만 작품'이라고 스스로 고백하기
도 했다.

헤밍웨이는 《노인과 바다》로 1953년
에 퓰리처상을, 1954년에는 노벨문학
상을 받았는데, 그에게 노벨문학상을
수여한 스웨덴 한림원은 "독보적인 문
체와 스타일로 현대 문학계에 커다란
영향을 끼쳤다."고 헤밍웨이를 평가하
고 있다.

1953년 아프리카에서 사냥 중인 헤밍웨이. 헤밍웨이
는 사냥, 투우, 바다낚시 등 거칠고 야성적인 활동을
평생 사랑했다.

세 번의 이혼과 네 번의 결혼을 한 헤밍웨이는 쿠바에서 미국으로 건너온 말년 무렵, 우울증과 알코올 중독, 고혈압, 편집증에 시달리며 고통스런 나날을 보냈다.

두 번이나 비행기 사고를 당해 큰 부상을 입고 요양에 힘쓰다가, 1961년 7월 2일 아침 미국 아이다호 케첨에 위치한 자신의 집에서 그의 아버지가 권총 자살로 생을 마감했던 것처럼 엽총 자살로 세상을 떠났다.

그의 나이 61세였다.

미국 아이다호 주 케첨에 위치한 공동묘지에 묻힌 헤밍웨이. 《노인과 바다》 집필 이후, 대중의 엄청난 관심을 한몸에 받은 헤밍웨이는 죽기 직전까지 극심한 우울증에 시달렸다.

푸 른 숲
징 검 다 리
클 래 식
0 3 4

노인과 바다

첫판 1쇄 펴낸날 2013년 4월 19일
     15쇄 펴낸날 2025년 3월 31일

지은이 어니스트 헤밍웨이   **옮긴이** 박상은
발행인 조한나
주니어 본부장 박창희
편집 정예림 강민영
디자인 전윤정 김혜은
마케팅 김인진 김은희
회계 양여진 김주연

펴낸곳 (주)도서출판 푸른숲
출판등록 2003년 12월 17일 제2003-000032호
주소 경기도 파주시 심학산로 10, 우편번호 10881
전화 031) 955-9010   **팩스** 031) 955-9009
인스타그램 @psoopjr   **이메일** psoopjr@prunsoop.co.kr
홈페이지 www.prunsoop.co.kr

ⓒ 푸른숲주니어, 2013
ISBN 978-89-7184-965-1 44840
     978-89-7184-464-9 (세트)